書下ろし

罪滅ぼし

風烈廻り与力・青柳剣一郎㉜

小杉健治

祥伝社文庫

目次

駒形町
古着屋『堺屋』
浅草
向島
吾妻橋
隅田川
本所
柳橋
竪川
両国橋
石原町
荒物屋『守田屋』
小伝馬町
八丁堀
永代橋
深川
入船町
北
西
東
南

「罪滅ぼし」の舞台
不忍池
本郷
神田川
江戸城
南町奉行所
数寄屋橋御門
三十間堀
浜松町
蠟燭問屋『加賀屋』
芝口橋
尾張町
愛宕下
露月町
増上寺
神谷町

主な登場人物

〈青柳家〉

青柳剣一郎《あおやぎけんいちろう》
風烈廻り与力。柳生新陰流の達人で、賊を退治した際に頰に受けた刀傷の痕から、〝青痣与力〟と呼ばれ、市井の人々に畏れ敬われている

剣之助《けんのすけ》
剣一郎の伜。吟味方与力の見習い

志乃《しの》
剣之助の妻女

るい
剣一郎の娘

多恵《たえ》
剣一郎の妻女。勘が鋭く、剣一郎を支えながら、町の女たちの悩み相談にものっている

太助《たすけ》
猫の蚤取りを生業にしながら、剣一郎の手先として働く

（太助 →仕える→ 青柳剣一郎）

（宇野清左衛門 →特命→ 青柳剣一郎）

〈南町奉行所〉

宇野清左衛門《うのせいざえもん》
奉行所を取り仕切る年番方与力。剣一郎の眼力を買い、難事件の探索を託す

長谷川四郎兵衛《はせがわしろべえ》
内与力。奉行の威光を盾に、剣一郎に高圧的な態度で難癖をつける

橋尾左門《はしおさもん》
吟味方与力。剣一郎の幼馴染でもある

礒島源太郎《いそじまげんたろう》
大信田新吾《おおしだしんご》
風烈廻り同心。剣一郎と見回りにあたることも多い

植村京之進《うえむらきょうのしん》
定町廻り同心。剣一郎に強い憧れを抱いている

作田新兵衛《さくたしんべえ》
隠密廻り同心。変装の達人で、剣一郎の信頼が厚い

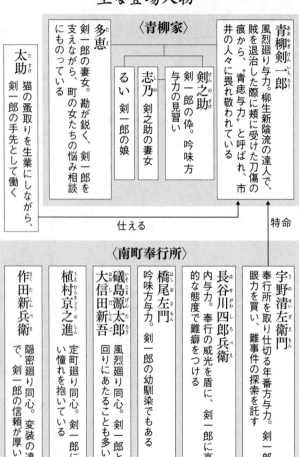

第一章　炎の中に

一

陰暦五月下旬、長雨の季節だが、空梅雨《からつゆ》で雨が少なかった。ここ数日は特に五月《さつき》晴れが続き、風もなく厳しい暑さだ。

昼の八つ半（午後三時）、風烈廻《ふうれつまわ》り与力《よりき》の青柳剣一郎《あおやぎけんいちろう》は宇野清左衛門《うのせいざえもん》に呼ばれて年番方《ねんばんかた》与力の部屋に向かった。

「宇野さま、お呼びで」

剣一郎が声をかけると、文机《ふづくえ》に向かっていた清左衛門は振り返り、

「また、長谷川《はせがわ》どのだ」

と厳《いか》めしい顔で言い、机の上を片づけて立ち上がった。

内《うち》与力の長谷川四郎兵衛《しろべえ》のことだ。

ふたりで廊下に出て内与力の用部屋に向かう。

庭で木が揺れている。

「風が出てきたようですね」

剣一郎は庭に目をやった。風烈廻り同心の礒島源太郎《いそじまげんたろう》と大信田新吾《おおしだしんご》は朝から見廻りに出ている。

風烈廻りの見廻りは、失火や不穏な人間の動きを警戒して付け火などを防ぐために行なわれるが、とくに風の烈《はげ》しい日は剣一郎も加わることにしていた。

風がこれ以上強くならねばいいがと祈りながら、剣一郎は清左衛門とともに内与力の用部屋に行った。

用部屋の隣にある部屋で待っていると、ようやく長谷川四郎兵衛が現われた。

ふたりの前に黙って座り、すぐに口を開こうとしない。

奉行所の与力・同心は奉行所に属しており、お奉行の家来ではない。お奉行が替われば、与力・同心は新しいお奉行の支配を受けるのである。

しかし、お奉行も手足となる者がいなくては何かと勝手が悪い。そこで、お奉行は新たに任ぜられたとき、用人や留守居のような役を兼ねさせるため、自分の家臣を連れてきて奉行所に入ることが出来た。これが内与力であり、長谷川四郎兵衛は中でももっともお奉行から信頼されている男だった。

「長谷川どの。ご用件を承《うけたまわ》ろう」

清左衛門が催促する。

年番方与力の清左衛門は奉行所切っての実力者であり、金銭面も含めて奉行所内の諸事全般を取り仕切っている。何年かごとに替わるお奉行も清左衛門の協力なしでは何も出来ない。

それだけに、お奉行の威光を笠《かさ》に着て威張っている四郎兵衛も、清左衛門には遠慮がちだった。

「大坂東町《おおさかひがしまち》のお奉行より手紙が届いた」

長谷川四郎兵衛が切り出した。

「東町奉行から？」

清左衛門が不審そうにきく。

「さよう。我がお奉行と大坂東町奉行は昔から懇意《こんい》にしているのでな。で、手紙の内容であるが」

四郎兵衛はすぐに続けた。

「先月の二十日、東町奉行所の佐川善次郎《さがわぜんじろう》という与力が殺された。下手人《げしゅにん》は六輔《ろくすけ》という男で、匕首《あいくち》で刺したそうだ」

四郎兵衛は剣一郎に顔を向けた。

「その六輔が江戸に逃げたとのことだ。この六輔を捕まえるために東町奉行所の与力が江戸に出てきている。手を貸してもらいたいそうだ」

「そのようなことは当然でござろう」

清左衛門が応じる。

「ただし、見つけても捕まえてはならぬ。捕縛《ほばく》は東町奉行所の与力が行なうとのこと。また、六輔は凶暴ゆえ、その場で始末することも辞さないそうだ。そのことを含んでおいてもらいたいということだ」

その言い方に不審を覚え、

「捕まえるより、殺すかもしれないと事前に承諾を求めているように聞こえますが」

と、剣一郎はきいた。

「そうではない」

四郎兵衛は不機嫌そうに言う。

四郎兵衛は剣一郎に敵愾心《てきがいしん》を持っている。そのくせ、何かあると剣一郎を頼るのだ。

「万が一のことを話している」

四郎兵衛が厳めしい顔で答える。

庭で何かが転がる音がした。さらに風が強まったようだ。

「六輔とはどういう男ですか」

剣一郎はきく。

「大坂堂島《どうじま》にある『堺屋《さかいや》』の奉公人だ」

「佐川善次郎とはどのような関係で？」

「わからぬ。詳しいことは教えてもらえなかった」

そのとき、半鐘《はんしょう》の音が聞こえた。

襖《ふすま》の前にひとの気配がし、剣一郎はおやっと思った。

「失礼します」

内与力の若い男が襖を開けた。

「芝浜松町《しばはままつちょう》から出火しました」

奉行所内にある火の見櫓《やぐら》で、当番方の同心が火事を発見し、出火場所を確かめたのだ。

「風が強く、大火の恐れもあります」

「この続きはあとで」

四郎兵衛はあわてたように言い、部屋を出て行った。

大火事の恐れがある場合、お奉行が自ら出馬し、火事場の指揮をとる。四郎兵衛はお奉行のところに向かったのだろう。

火元に駆けつけるのは月番の南町《みなみまち》であり、非番の北町《きたまち》は後口《あとくち》、すなわち風上で指揮をとる。

剣一郎も与力部屋に戻り、同心たちの出動を手配し、玄関に向かった。

すでに火事装束に身を包み、火消し頭巾《ずきん》をかぶったお奉行が出てきていた。

玄関前の庭は火消し頭巾に火事羽織、野袴《のばかま》という出で立ちの町火消人足改《まちびけしにんそくあらため》与力や引纏役《ひきまとめやく》同心らも集まっていた。引纏役同心は出馬するお奉行に随行し、その命を受けて動き回る。

「我らはこれより火元の芝浜松町に向かう」

お奉行が号令をかけると、いっせいにおうという声が上がった。

お奉行は馬に乗り、奉行所の表門から出立した。騎馬の与力が続き、同心たちは走ってついてくる。

剣一郎も奉行所を飛び出した。

数寄屋橋《すきやばし》御門を出て芝に向かう。青空が広がっているが、西の空に黒い雲が現われていた。

定町《じょうまち》廻り同心も現場に向かう。避難する者たちの誘導だけでなく、火事のどさくさに紛《まぎ》れて盗みを働く不心得者も多く、その監視もしなければならない。

前方から強い風が吹きつける。昼間でもはっきりわかるほど紅蓮《ぐれん》の炎が上がっていた。

先を行く騎馬のお奉行や町火消人足改与力らは東海道《とうかいどう》に出て芝口橋《しばぐちばし》を渡り、浜松町に近づいていた。

剣一郎はひとつ上流にある中ノ橋《なかのはし》を渡った。

たくさんのひとが逃げてくる。大八車《だいはちぐるま》に家財道具を積み込んだ者や、我先にとひとをかきわける者でごった返していた。

「落ち着け。こっちにはすぐには火は来ぬ」

剣一郎は叫ぶ。

同心らを逃げまどうひとびとの整理に当たらせ、剣一郎は先を急ぐ。風に煽《あお》られた炎は巨大な蛇のようにくねくねと動いていた。

火の粉が降りかかるように飛んでくる。

露月町《ろうげつちょう》にやってきた。すでに飛び火し、炎が上がっていた。大きな物音とともに家が焼け崩れる。

ますます逃げまどうひとびとでごった返していた。

纏《まとい》持ちと梯子《はしご》持ちを先頭に、銀座町《ぎんざちょう》や三十間堀《さんじっけんぼり》辺りを持ち場にしている「二番組・も組」が駆け付けていた。

ひとびとは道の両端に寄った。火消しの一行が走り抜けた。

すでに、神明町《しんめいちょう》、露月町、浜松町、増上寺《ぞうじょうじ》辺りを持ち場としている「二番組・め組」の火消しは消火にあたっている。

消火といっても、火元周辺の建物を壊して延焼を防ぐだけだ。

剣一郎が逃げ遅れた者はいないか辺りを見回したとき、女の絶叫する声が聞こえた。

剣一郎はそのほうに向かった。火消しが女を必死に引き止めていた。傍《かたわ》らで、女の亭主と思《おぼ》しき男が茫然《ぼうぜん》と燃え盛る家を見ていた。

「どうした?」

剣一郎は声をかけた。

「赤子が中に」

女が泣きながら叫ぶ。

「なに」

剣一郎は炎に包まれた家を見た。

「赤子はひとりか」

「はい」

剣一郎は飛びこもうとしたが、目の前に燃えた柱が倒れてきた。それを避けて踏みこもうとして、今度は炎の勢いに押し戻された。

「青柳さま。もう、無理です。じき家は崩れます」

火消しが悲鳴のように言う。

「何か策はないのか」

そのとき、ひとりの男が火消しに声をかけた。三十代半ばのようだ。鼻が高く、色の浅黒い引き締まった顔をしている。

「その半纏《はんてん》を貸してくれ」

「なんだと？」

「早く」

男は怒鳴る。火消しは気押されて刺し子の半纏を脱いだ。

男は奪うように半纏を受け取った。

「あの中に飛び込むつもりか」

剣一郎は思わず男にきいた。

「へい」

男は龍吐水《りゅうどすい》の水を頭からかぶって炎の中に向かって走った。

「無茶だ」

火消しが怒鳴った。

「援護するのだ」

剣一郎は叫ぶ。

火消し連中は炎に向かって龍吐水で水をかけ、他の者は鳶口《とびぐち》を持って燃え盛る家に向かった。

屋根が傾き、崩れた。火の粉が上がる。

女が絶叫した。絶望的な声が轟《とどろ》いた。

剣一郎も愕然《がくぜん》とした。

なぜ、引き止めなかったのか。剣一郎は自分を責めた。男を死にに行かせてしまったのではないか。

赤子を助けたいという気持ちが、男の行動を許した。だが、無謀だった。男を殴《なぐ》ってでも引き止めるべきだったのではないか。

剣一郎が茫然と燃え盛る家を見ていると、ふと顔に冷たいものが当たった。あっと、剣一郎は声を上げた。

一天にわかにかき曇《くも》り、雨が降りだしたのだ。それも豪雨に近い。炎が勢いを失くしていくのがわかった。

剣一郎は雨に打たれながら小さくなっていく炎を見ていた。

「あっ、あれは」

火消しのひとりが指を差した。

小さくなった炎の中からひとの姿が現われた。さっきの男だ。よろけながら出てきた。ずぶ濡れになりながら、腕の中に大事そうに半纏でくるんだ子どもを抱いていた。

奇跡が起きたのだ。

女が駆け寄った。

「圭太《けいた》」

男は女に子どもを渡した。

赤子が急に泣きだした。

「無事です」

亭主と思える男が喜びの声を上げげた。

「でかした」

剣一郎は称賛し、

「そなたの名は？」

と、きいた。

「へえ、長次《ちょうじ》で……」

男はくずおれた。

剣一郎はあわてて抱き抱えた。

「医者に運ぶのだ」

町役人《ちょうやくにん》が大八車を引っ張ってきた。

逃げてきた者の荷が載っていたものだ。

「荷は火がついたので捨てたそうです」

町役人が言う。

「よし、早く」

剣一郎は急《せ》かす。

火消したちも手伝い、長次を大八車に乗せた。

雨は降り続いていた。

剣一郎は子どもを抱き締めている女のそばに行った。

「子どもに怪我《けが》は?」

「ありません」

「よかった。どうしてまた子どもが取り残されたのだ?」

助けられた圭太は、『末広屋《すえひろや》』という足袋《たび》屋の主人夫婦の子どもだった。

火事だと気づき、女中に圭太を頼み、夫婦は金目のものを持って逃げた。

逃げている途中で、女中が圭太を抱いていないのに気づいた。女中は下男が連れていったとばかり思っていたという。

下男は知らないということだった。

「それであわてて引き返してきたのです」

「それにしても危ういところであった。念のために、赤子を医者に見せるのだ」

「はい」

町役人が駆け寄ってきた。

「男を尾張町《おわりちょう》二丁目の松井定安《まついじょうあん》先生のところに連れて行きました」

「ごくろう」

辺りは鎮火の兆《きざ》しが見えてきた。


翌日。雨は夜半には止《や》んで、朝から青空が広がっていた。

剣一郎は露月町、宇田川町《うだがわちょう》、神明町を通って浜松町に向かった。柴井町《しばいちょう》辺りの大名屋敷も燃えて増上寺の大伽藍《だいがらん》が見通せた。増上寺は無事だったようだ。

焼け野原のあちこちで焼け跡を片づけているひとびとが目に入る。

浜松町は全滅だった。火元は蠟燭問屋《ろうそくどんや》の『加賀屋《かがや》』だった。半纏を着た奉公人たちが茫然と店のあった場所を見ていた。

南町奉行所の町火消人足改与力や同心、それに『め組』の頭《かしら》と鳶の者たちが集まっていた。出火の原因を調べているのであろう。

剣一郎は瓦礫《がれき》を避けながら近づく。

定町廻り同心友永亀次郎《ともながかめじろう》が剣一郎に気づいて振り向いた。

「青柳さま」

亀次郎は厳しい顔をしていた。

「どうかしたのか」

「はい。どうも火元に疑問が」

「なに」

「ここは物置小屋でした。ここが激しく燃えているのです」

「物置小屋に火の気はないはずだな」

剣一郎は厳しい声で言う。

「『加賀屋』の番頭の話では、物置小屋には薪《まき》や炭が仕舞ってあったそうです。物置小屋の横に柳の木が立っていますが、その柳も燃えていました」

町火消人足改与力が剣一郎の前に立って説明した。

「付け火かもしれません。それも、『加賀屋』の庭ですので……」

亀次郎が眉根を寄せて言う。

「店の者の仕業か。しかし、外から忍び込んで火をつけたかもしれぬ」

「それが裏口は閂《かんぬき》を掛けてあったそうです。それから『加賀屋』の塀は高く、忍び返しがついていて容易には乗り越えられないとのことでした」

「そうか。いずれにしろ、調べは慎重に」

「はい」

亀次郎が応じる。

昼間の付け火はひと目につきやすい。なぜ、あえて昼間を選んだのか。外から何者かが侵入し、火をつけたということも考えられなくはないが、『加賀屋』内部の者の仕業とみたほうが自然か。

しかし、そうだとしたら疑いは真っ先に店の者たちに向く。そういうことを考えなかったのか。

『加賀屋』の奉公人たちが焼け跡を片づけているのを見つめながら、彼らの仕業だとしたら、火をつけたわけはなんだったのかと剣一郎は考えた。

付け火はもっとも重い罪のひとつであり、火あぶりの刑が下される。それほどの重罪を『加賀屋』の中の誰が犯したのか。

明暦《めいれき》の大火、目黒行人坂《めぐろぎようにんざか》の大火、丙寅《ひのえとら》の大火を江戸三大大火というが、江戸の大火は十二月から三月までの四か月間に集中している。冬の時期特有の気候で、晴天が続いて空気が乾燥していることも大きな要因だが、それ以外の時期でも風が強いと大火になる。

丙寅の大火は文化《ぶんか》三年（一八〇六）、芝高輪《たかなわ》の車町《くるまちよう》から出火、火は日本橋《にほんばし》から神田《かんだ》に留《とど》まらず、浅草《あさくさ》のほうまで焼き尽くした。

奇跡の雨に恵まれなければ、今回の火事も尾張町や新両替町《しんりょうがえちょう》のほうまで延焼し、さらに日本橋から神田方面まで燃え広がったかもしれない。

剣一郎は辺りを歩き、被害の状況を確かめた。焼け跡を片づけている者たちがさっきより増えていた。

町役人たちと被害状況を調べていた与力が剣一郎のところにやってきた。

「今のところ、怪我人が十名ほど、寝たきりの病人や足の悪い年寄りが逃げ遅れたようです」

「ごくろう」

ひとの被害が思ったほど多くなかったのは、出火が昼間だったからだろう。

「はっ」

同心は町役人のほうに戻っていった。

剣一郎は来た道を戻り、芝口橋を渡って尾張町に向かった。

二

剣一郎は尾張町二丁目にある医者の松井定安の家を訪ねた。

定安は漢方の医家の生まれだったが、蘭方医にも師事して西洋医学まで習得し、十年前にこの町で医院を開いた。

土間に入ったとき、同心の友永亀次郎から手札をもらっている岡っ引きの勘助《かんすけ》がちょうど出てきたところだった。

「青柳さま」

勘助は三十過ぎの小肥りの男だ。

「長次のところか」

剣一郎はきく。

「へえ。友永の旦那に様子を見てくるようにと言われまして」

「どうだ?」

「ええ、だいじょうぶなようです。半月もすれば、起きられるようになるそうです。ただ背中の火傷痕《やけどあと》は残るということですが」

「そうか」

あの炎の中に飛びこんだのだ。よくそれだけの怪我で済んだというべきだろう。ましてや、助けた子どもはほとんど無傷だった。雨が降ったこともあるが、無事だったのは奇跡というしかない。

「長次はどこに住んでいたのだ?」

「焼け出された杢兵衛店《もくべえだな》の住人で、鋳掛屋《いかけや》だそうです」

「独り身か」

「へえ」

「案内してもらおう」

剣一郎は腰から刀をはずした。

勘助は庭に面した部屋に剣一郎を案内した。何人かが寝ていた。

「あそこです」

勘助は壁際で寝ている男のそばに行って、

「長次、青柳さまだ」

と、声をかけた。

「青柳さま……」

長次が目を向けた。

「では、あっしはこれで」

勘助は引き上げた。

改めて、剣一郎は長次に声をかけた。

「今、話は出来るか」

「ええ、平気です」

聞き取りにくい小さな声なので、剣一郎は耳を近付けた。

「そなたの活躍は見事であった。赤子の命を救ったのだ」

「いえ。雨のおかげです」

うっと、長次が顔をしかめた。

「痛むか」

「ときたま痛みが襲ってきますが、だいじょうぶです」

「赤子はどこにいた?」

「一階の奥の部屋で泣いていました。熱かったのでしょう。それで、すぐ居場所がわかりました。半纏でくるんで抱き抱えた直後に天井が落ちて」

「危なかったな」

「自分の身はどうでも……、赤子だけは助けねばと」

剣一郎は聞き終えてから表情を変え、

「そなたの行動を讃《たた》えておきながら、このようなことを言うのはおかしいが、はっきり言って、あんな炎の中に飛び込むなんて無茶だ。子どもを救えると思ったのか」

　と、鋭くきいた。

「わかりません。気がついたら炎に向かって走っていました」

　真顔で言う。

「怖くなかったのか」

「秋葉《あきば》神社の御札を持っていました。きっと守ってくれると思いまして」

「秋葉神社？」

「へえ。本宮《ほんぐう》のほうです。といっても、十年近くも前にお参りしただけですが」

　秋葉山本宮秋葉神社の御祭神は火之迦具土《ひのかぐつち》大神で、火の神さまである。

「子どもは火傷を負ってなかったそうですね。よかった。朝早く、『末広屋』の旦那が見舞いにきてくれました」

「そうか」

「旦那の喜びようを見て、ほんとうに子どもが助かってよかったと思いました」

　長次はしみじみ呟《つぶや》き、

「あの雨のおかげです」

「秋葉さまが守ってくれたのかもしれないな」

剣一郎は言ってから、

「そなたに家族は？」

と、きいた。

「いえ、いません」

「生まれは？」

「遠州《えんしゅう》です」

「なるほど、それで秋葉神社に」

秋葉神社の本宮が浜松《はままつ》にあったことを思い出した。

「へえ」

「向島《むこうじま》にも秋葉神社があるが？」

「いえ、そこには行っていません」

「そうか」

「青柳さま、お願いがございます」

長次が訴えるような目を向けた。

「なんなりと言うがよい」

「はい。お医者さんはあと半月寝ていろといいますが、そうもしていられません。働かねばなりません」

「無理をしてはだめだ」

「長屋の連中も焼け跡の片づけをしているんでしょう。あっしも手伝わなければ」

「わしからちゃんと伝えておく」

「でも、住むところも探さねばなりません」

焼け出された者の多くは焼け跡で暮らしている。

「住む場所ならどこにでもある。じっくり養生するのだ」

「でも、あっしは薬代を払えません」

「そんな心配は無用だ。ひとを助けた手柄は大きい。薬代は奉行所が持つ。それに、奉行所から褒美が出よう。だから、なにも心配せず、養生をするのだ」

「へえ」

長次は頷《うなず》いた。

「では、また来る。大事にな」

剣一郎は松井定安に会った。大きな目をした男だ。

「焼けた柱が右肩から背中にかけて直撃したようです。いずれ快癒《かいゆ》するでしょうが、火傷痕は残ってしまいます」

「命に別状がなくてよかった」

「はい。驚くべき頑丈な体の持ち主です。普通の男なら柱が直撃したら、その痛みで動けなくなったでしょう」

定安は感心して言う。

「そうであろうな。それに、あの男には運がある。あの場面で雨が降り出したのだ」

剣一郎はそのときのことを思いだした。

「そうそう、あの男の太股《ふともも》に古い火傷痕がありました」

「古い火傷痕？」

「はい。十年以上も前だと思います」

「火事に遭ったことがあるのかもしれぬな」

剣一郎は想像した。

「そうかもしれません」

患者がたくさん待っているので、剣一郎は適度に切り上げた。

「では、よろしく頼んだ」

剣一郎は立ち上がった。

剣一郎は奉行所に戻り、宇野清左衛門に会った。

「ごくろうであった」

清左衛門が声をかける。

「付け火かもしれないそうです」

出火の原因について述べた。

「なに、付け火となった」

清左衛門は目を剝《む》き、憤然となった。

「火元は『加賀屋』の物置小屋です。内部の者の仕業かもしれません」

「どれだけの被害が出たかはまだ調べ終えていないが、大火にならなかったのはたまたまだ。雨のおかげで鎮火したが、罷《まか》り間違えばどれほどの大火になったか」

清左衛門は厳しい顔で言う。

「すぐに捕まるでしょう」

「うむ」

「じつは、昨日の火事で、鋳掛屋の長次という男が火の中に飛び込み、自身は火傷を負いながら火事場に取り残された赤子を救い出しました」

剣一郎は状況を説明し、

「人助けをした長次を奉行所として讃えたいのですが」

「もちろんだ。褒美をやろう」

「火傷の薬代など、奉行所で負担を」

「いいだろう」

奉行所には諸藩の大名や旗本などから付け届けが多くある。そういう金がずいぶんと貯まっているのだ。

「長次を讃えるために、瓦版《かわらばん》にこのことは話してはどうだ？」

「それは迷っています」

剣一郎は慎重になった。

「なぜだ？　立派な行ないをひとびとに知らしめれば」

「じつは」

と、剣一郎は遮《さえぎ》った。

「あの勇気は尊いのですが、燃え盛る炎の中に飛び込んでいくのは無謀でした。

雨が降らなければ焼け死んでいたでしょう。それだけに、長次を讃えすぎて、無謀な人助けを促《うなが》すようなことになってはと」

剣一郎は自分の体験を踏まえて言った。

剣一郎が与力になりたての頃だった。押し込み事件があり、そこへ単身で乗り込み、賊《ぞく》を全員退治した。

そのとき頰《ほお》に受けた傷が青痣《あおあざ》として残った。その青痣が、勇気と強さの象徴のように思われた。ひとびとは畏敬《いけい》の念をもって、剣一郎のことを青痣与力と呼ぶようになったのである。

剣一郎の行動は無謀ともいえた。失敗する可能性も十分にあったのだ。

その後、同じような事件が起き、人助けをしようとして乗り込んだ男が相手に斬殺されるという事件も起きた。

無謀な人助けを讃えすぎる弊害を気にしたのだ。

「なるほど。そうだな」

清左衛門は唸《うな》った。

「では、長次の件、お願いいたします」

剣一郎が一礼して立ち上がろうとしたとき、

「長谷川どのが話の続きをしたいそうだ」

と、引き止めた。

「大坂東町奉行所の……」

「そうだ。よければ、これからでも」

「わかりました」

剣一郎は応じた。

清左衛門が見習い与力に四郎兵衛の都合をききにいかせ、返事が届いてから内与力の用部屋の隣にある部屋に向かった。


ふたりは四郎兵衛と向かい合った。

「昨日も話したように、四月二十日に大坂東町奉行所の与力佐川善次郎が殺された。下手人は六輔という男だ」

四郎兵衛が切り出す。

「六輔が江戸に逃亡していることがわかった。その探索を手伝って欲しいということだ」

「そこまではわかるが、そのあとだ」

清左衛門が鋭くきく。

「我々は居場所を捜し出すだけで、捕まえたりしないということだが」

「さよう。六輔の捕縛は東町奉行所の者が行なう」

「解《げ》せませぬな」

清左衛門が異を唱える。

「なにがでござるか」

「罪を犯して江戸に逃げてきた者を我らが捕まえ、取調べをするのは当然ではありませぬか」

「東町奉行所からの依頼だ」

「そもそも、そのような依頼がおかしいのです。捕縛に手を貸すのは当然。そして、見つけたら我らが取調べをした上で、改めて東町奉行所に引き渡す」

「無用だ。捜し出すだけだ。これはお奉行からのお指図だ。そのようにしてもらう」

四郎兵衛は押さえつけるように言う。

「気がかりなことが」

剣一郎は口を開いた。

「何か」

四郎兵衛は不快そうな顔を向けた。

「六輔は凶暴ゆえ、斬ることもあり得るということでしたね」

「そうだ」

「斬り殺しても、我らによけいな口出しはせぬようにという牽制《けんせい》では？　つまり、最初から、始末することが狙いなのでは？」

剣一郎は鋭くきく。

「そんなことはあるまい」

四郎兵衛は一瞬の間があって答えた。

「江戸で捕らえた者を我らが取り調べられないのは合点がいきません」

「…………」

「長谷川どの。こうしようではないか」

清左衛門がやや身を乗り出し、

「先方には承諾の旨を伝え、我らが先に六輔を見つけたら捕縛し、大番屋で取り調べ、そののちに東町奉行所の者に引き渡す」

「ばかな。それでは騙《だま》すことになるではないか」

四郎兵衛は顔色を変えた。

「そのときになれば、なんとでも言い訳はたちましょう」

清左衛門は平然と言い、

「どうかな」

と、剣一郎に顔を向けた。

「それがよろしいかと」

「そのようなことは許されぬ」

四郎兵衛は顔をしかめた。

「長谷川さま」

剣一郎が口を開く。

「東町奉行所の要望、どこかおかしくないでしょうか」

「おかしい？」

「どうも、六輔の口を封じようとしているようにしか思えません」

「なに？」

四郎兵衛は口を歪《ゆが》め、

「そんなことがあろうはずはない」

と、語気を荒らげた。

「いったい、なぜ六輔は東町奉行所の与力を殺したのですか」

剣一郎はきいた。

「知らぬ」

「知らない？」

清左衛門が目を剝いてきき返した。

「知らないとは？」

「昨日も申したが、聞いていない」

「きかなかったのですか」

「ただ、六輔は自分の罪を逃れるために殺したという。どんな罪かは差し障《さわ》りがあるということで教えてもらえなかった」

四郎兵衛は渋い表情で言う。

「で、東町奉行所の与力どのは江戸に着いているのですか」

剣一郎はきく。

「五日ほど前に到着したようだ」

「与力どのの名は？」

「多々良錦吾《たたらきんご》どのだ」

「他は？」

「わからぬ」

「では全部で何人ですか」

「わからぬ」

「何もわからぬのだな」

清左衛門が厭味《いやみ》を言う。

「ともかく、言われたとおりにしてもらおう。これはお奉行の命令と心得よ」

四郎兵衛は立ち上がって吐き捨てるように言い、部屋を出て行った。

「いつもながらに勝手な態度」

清左衛門は顔をしかめた。

「しかし、妙な話です。最初から六輔を殺す狙いだとしか思えません」

剣一郎は疑念を口にした。

「うむ。用心して掛かったほうがいいな」

「はい。ともかく、東町奉行所の与力どのに会わないことには何もはじまりません」

剣一郎と清左衛門は部屋を出た。

三

翌日、大坂東町奉行所の与力が南町奉行所にやってきた。

お奉行と長谷川四郎兵衛、そして宇野清左衛門に挨拶《あいさつ》をしたあと、その与力が四郎兵衛に連れられて年寄同心詰め所にやってきた。

そこには剣一郎をはじめ、植村京之進《うえむらきようのしん》や友永亀次郎ら定町廻り同心が集まっていた。

四郎兵衛が東町奉行所の与力を一同に紹介した。

「大坂東町奉行所与力の多々良錦吾と申します」

多々良錦吾は三十半ばで、目尻のつり上がった鋭い顔つきをしていた。

続いて、四郎兵衛は剣一郎を錦吾に引き合わせた。

「青柳剣一郎でござる。ここに集まっているのは南町奉行所の定町廻り同心と臨《りん》時《じ》廻り同心です」

剣一郎が代表して挨拶をする。

「ご高名はかねてより聞き及んでおります。このたびは当方の願いをお聞き入れくださりありがたく存じております」

錦吾は如才《じよさい》なく言う。

「では、あとはよろしく頼んだ」

四郎兵衛は部屋を出ていった。

錦吾は会釈して四郎兵衛を見送ったあと、

「さっそくでございますが、これがお尋ね者の六輔です」

と、人相書きを差し出した。

中背で細面に切れ長の目、尖《とが》った顎《あご》に大きな黒子《ほくろ》があった。

「尖った顎に大きな黒子が目印です。歳は二十八」

「お訊ねいたしますが、六輔が何をしたのか、詳しく教えていただけませぬか」

剣一郎はきいた。

「大坂東町奉行所の与力佐川善次郎を殺害して逃走しました」

「殺した場所は？」

「お紺《こん》という女の家です」

「佐川どのとお紺の関係は？」

剣一郎はなおもきいた。

「親しい間柄でした」

「妾《めかけ》ですか」

「いえ、そういうわけでは……」

錦吾は曖昧《あいまい》に言う。

「なぜ、六輔は佐川どのを？」

「金目当てだと思います」

「金ですか。お紺という女子《おなご》に危害は？」

「青柳さま」

錦吾は厳しい顔で、

「申し訳ありませぬが、事件を解明するためには多くを語ることは出来ません」

と、返答を拒んだ。

「しかし、六輔を捜し出すためにも、何があったかを知る必要があります」

「いや。探索は人相書きを手掛かりにしていただければと思います」

頑《がん》として、錦吾は言う。

「六輔は凶暴な男だそうですね」

剣一郎はきいた。

「そうです。追い詰められたら何をするかわかりません。ですから、捕縛は我らに任せていただきたいのです」

「場合によっては斬り殺すこともあり得るとか」

「ええ」

それが狙いではないかときこうとしたが、声を呑《の》んだ。

「ところで、六輔が江戸にいるというのは間違いないのですか」

「まず、間違いないかと」

「その根拠は？」

「六輔は江戸に知り合いがいます。そこを頼って行くと睨《にら》んでいます」

「知り合いとは？」

「浅草駒形町《こまがたちょう》で『堺屋』という古着屋をやっている福太郎《ふくたろう》という男がいます。大坂の堂島にある『堺屋』の出店です」

「では、その店をすでに張っているのですね」

「ええ、手の者を離れに住み込ませています」

錦吾は俯《うつむ》いて言う。

「なるほど。すでに密《ひそ》かに江戸で六輔の探索を続けていたが、なかなか見つからずに、当方を頼ったというわけですね」

剣一郎は皮肉を込めてきいた。

「いえ、そういうわけではありません」

錦吾は開き直ったように顔を向けて答えた。

「まあ、いいでしょう。で、福太郎と六輔はどういうつながりで？」

「青柳さま。もう、かなりお話をいたしました。このぐらいで」

錦吾はそれ以上の質問を拒んだ。

「では、最後に。六輔を捕縛するために江戸に出てこられたのは多々良どの以外に何人おられるのですか」

剣一郎はきいた。

「私以外に三人です」

「そのうちのひとりが『堺屋』に入り込んでいるのですね」

「そうです」

「その方々と引き合わせていただけますか」

「申し訳ないのですが、それはご容赦《ようしゃ》を」

「……？」

剣一郎は聞き違えたかと思った。

「隠密裏に六輔を捜したいので」

「では、三人のお名前を教えていただけますか」

「それもご容赦を」

「教えていただけないと？」

剣一郎は呆《あき》れたようにきく。

「申し訳ありません」

「恐れいります」

植村京之進が口をはさんだ。

京之進は、青痣与力と呼ばれる剣一郎に畏敬の念を抱いている同心たちの中でも、もっとも剣一郎を崇拝していた。

「お仲間の名を知らなければどこかで不測の事態を招きかねません。不逞《ふてい》の輩《やから》だと勘違いして」

「そこは十分に気をつけます」

錦吾は軽くいなした。

他の同心からも質問がとんだが、どうも要領を得ない回答ばかりだった。

「このお願いは東町奉行よりこちらのお奉行にも話が通り、承諾を得ております。それではもう一度、長谷川さまのところに伺いますので」

錦吾のほうから話を切り上げた。

錦吾が部屋を出て行ったあと、友永亀次郎が憤慨して、

「なんでしょうか、あの態度は……。ものを頼む姿勢ではありません」

と、吐き捨てた。

「おそらく」

剣一郎は想像を口にした。

「大坂東町奉行所の方々には、六輔を捕縛して連れ帰ろうという気はないのだろう。最初から六輔を斬るつもりなのだ」

「では我らは利用されているだけ……」

京之進が憤然とした。

「六輔を見つけても、抵抗されたので斬ったということで片づけるつもりではないか」

剣一郎は疑念を口にし、

「我らは表向きは六輔を見つけても捕縛せず、多々良どのに知らせるという立場をとりつつ、六輔を見つけたら、まずその言い分を聞くのだ。それから、多々良どのに知らせるかどうか決める」

と、考えを告げた。

「お奉行のご意向にも逆らうことになりませぬか」

京之進が心配してきいた。

「責任はわしがとる。あとで南町がなんらかの陰謀の片棒を担いだとならぬように。では、よろしく頼む」

「はっ」

一同は力強い返事で、剣一郎の覚悟に応えた。

同心たちは立ち上がったが、友永亀次郎が腰を下ろしたまま、

「青柳さま」

と、呼びかけた。

「うむ」

剣一郎は頷く。

「『加賀屋』の物置小屋から出火した件ですが、奉公人たちへの聞き込みから、

出火する前、下男の吾平《ごへい》が物置小屋の近くにいたことがわかりました」

亀次郎はさらに続けた。

「そこで吾平を問いつめたところ、物置小屋に近づきはしたが、火をつけたりはしていないと否定しました。では、誰か見なかったかと問うと、誰も見ていないと」

「吾平に付け火をする動機はあるのか」

剣一郎は確かめる。

「火事のふつか前、主人の部屋の手文庫にあった五両がなくなり、吾平が盗んだのではないかと疑いがかかったそうです。というのも、吾平はたびたび台所の脇にある女中部屋を覗いていたとか。そこで、主人と番頭が厳しく問いつめたが、吾平は否定した。女中部屋を覗いていたわけを訊《たず》ねても曖昧にしか答えず、主人と番頭は吾平が盗んだと決めつけた。ところが、主人の勘違いで五両は別の場所から出てきたというのです」

亀次郎は息継ぎをして続ける。

「主人と番頭は疑いが晴れても吾平に謝るどころか、女中部屋を覗くような男だから疑われるのだと叱りつけたそうです」

「なるほど。その恨みというわけか」

「はい」

「しかし、吾平は否定しているのだな」

「そうです」

「で、どうなのだ?」

「まだすべて調べ切れていませんが、奉公人には他に怪しい人物は見当たりません。それに、出火当時、吾平以外はみな店に出ており、物置小屋に近づいていません」

亀次郎は勢い込んで話した。

「疑わしい者は吾平だけか」

「そうなります。奉公人の調べがすべて終わり次第、吾平を大番屋に呼んで取り調べようと思っています」

「今、吾平はどこにいるのだ?」

「焼け跡に筵《むしろ》をしいて寝泊まりしています」

他の奉公人は、主人夫婦といっしょに深川《ふかがわ》の入船町《いりふねちょう》にある『加賀屋』の寮に避難しているらしい。

剣一郎は吾平に会ってみようと思った。

夕方、剣一郎は尾張町二丁目の松井定安の家に寄った。

長次の枕元に座り、

「どうだ？」

と、声をかけた。

「痛みも少し和《やわ》らいできました」

「それはよかった」

剣一郎はほっとし、

「そなたの手柄を讃え、奉行所から褒美が出ることになった。もちろん、ここの薬代も奉行所が持つ」

と、奉行所の考えを伝えた。

「青柳さま」

長次が続けた。

「じつは、今日も『末広屋』の旦那がやってきて、ここの薬代は『末広屋』で持つと仰《おつしや》ってくださいました」

「そうか。『末広屋』の感謝の表れであろう。その気持ちは素直に受け取るのだ。ただ、焼け出されて『末広屋』も楽ではあるまい。この件ではわしが『末広屋』の主人と話をする」

「はい」

「いずれにしろ、お金のことは心配せず、養生をするのだ」

「ありがとうございます」

長次は口にしたあと、

「あの火事、火元は『加賀屋』さんだそうですね」

と、きいた。

「そうだ。『加賀屋』を知っているのか」

「はい。鍋、釜の修繕を頼まれますから」

長次はふと表情を曇らせ、

「やはり、火の不始末で？」

と、きいた。

「今、調べているところだ」

まだ付け火とは言えなかった。

「そうですか」

「顔なじみの奉公人がいるのか」

剣一郎はきいた。

「ええ、いつも鍋や釜を持ってくるのは、まだ十三歳のおまきちゃんという女中です。あっしが仕事を終えたあと、いつもお茶を淹《い》れてもってきてくれます」

「そうか、やさしい娘だな」

「ええ、いい娘《こ》です。十歳で親元を離れ、奉公しているそうです。よく頑張っています」

「そうか」

「それと、下男の吾平さんです。庭で修繕をしていると、よく話しかけてくれました」

「吾平はどんな男だ?」

思いがけず吾平の名が出たので、剣一郎は話題にした。

「気のいい男です。あっしと同い年の三十五だと言ってました。三十過ぎて信《しん》州《しゅう》から出てきたそうです」

「どんな話をするのだ?」

「たわいない話ばかりですが、愚痴《ぐち》も多かったですね」

「たとえば？」

「やはり、田舎《いなか》から出てきたせいか、のろまだとか訛《なま》りをばかにされることが多いと」

「『加賀屋』の者たちからか」

「そうでしょうね。やさしいのはおまきちゃんだけだと言ってました。おまきちゃんだけは分け隔てなく接してくれると」

長次はふと何かに気づいたように、

「吾平さんに何か」

と、顔色を変えた。

「まさか、あの火事で怪我でも？」

「いや、そうではない」

剣一郎は首を横に振る。

「青柳さま。なぜ、吾平さんのことをお訊ねになられたのですか。何か、吾平さんに？」

「なんでもない。そなたが、吾平の名を出したのできいてみただけだ」

「そうですか」

表情を曇らせ、

「何日か前に会ったとき、吾平さんは妙なことを言っていたのです」

「妙なこと？」

「ええ」

長次は思いだしたように、

「手に職をつけたいと。あっしも鋳掛屋になれるだろうかと言いだしたんです」

どうやら五両の件で疑《うたぐ》られたあとのことのようだ。

「なぜ、そんなことを言いだしたと思ったのだ？」

「わかりませんが、またばかにされたのでしょう。あっしの弟子になりたいと言うんです。案外、本気だったのかもしれません」

「火事が起きる前だな」

「ええ」

長次は頷いたあと、

「まさか」

「よけいなことを考えず養生することだ」

長次は何か言いたげだったが、剣一郎は腰を上げた。

それから、剣一郎は愛宕下《あたごした》にある『末広屋』の内儀《おかみ》の実家に行った。

実家は瀬戸物屋で、離れに家族で避難していた。

剣一郎は離れに通され、庭先に立った。障子が開け放たれ、部屋の中が見えた。赤子がすやすやと眠っているのがわかった。

内儀が濡縁《ぬれえん》に出てきて、

「これは青柳さま」

と、頭を下げた。

「子どもは元気そうだな」

剣一郎は安心したように言う。

「はい。おかげさまで。どうぞ、お上がりを」

「いや、すぐ暇《いとま》するでな」

剣一郎は庭先に立ったまま、

「今、長次に会ってきた。ご亭主が見舞いに行ったそうだな」

と、きいた。

「はい。どうしても改めて礼を言いたいと。あの方がいなかったら、どうなっていたか。ほんとうに恩人でございます」

内儀は心の底から口にした。

「薬代など出してやるそうだな」

「はい。そのぐらいしかお礼が出来ません」

「長次の働きを奉行所としても讃えることになった。長次の薬代や当面の暮らし向きの援助は奉行所で行なう。罹災《りさい》し、何かと入り用になろう。長次のことは奉行所に任せ、早く店を再建するように」

「でも」

「長次もそなたたちの気持ちはわかっている。安心するがよい」

「わかりました。ありがとうございます」

内儀は深々と頭を下げた。

四

その夜、夕餉《ゆうげ》をとり終えて居間に戻り、剣一郎は団扇《うちわ》を使いながら長次のことに思いを馳《は》せた。

どうにも気になるのは、なぜあの炎の中に飛び込んでいけたのか。無謀な勇気はどこからきているのか。

軒《のき》の釣《つ》り忍《しのぶ》の風鈴がときおり軽やかな音を鳴らした。

ふと庭にひとの気配がした。

剣一郎は暗い庭に声をかけた。

「太助《たすけ》か」

「へい」

なかなか部屋に入ってこないので、剣一郎は立ち上がって濡縁に出た。

庭先に、太助がやってきた。

幼くして母を亡くし、ひとりで生きてきた太助は寂《さび》しさから落ち込んでいるとき、剣一郎に励まされたことがあり、そのことを恩義に思っていた。ある縁から剣一郎の手先としても働いてくれるようになり、屋敷にも頻繁に顔を出している。

「二、三日、顔を出さなかったな。おや、ずいぶん疲れた顔をしているな」

剣一郎は庭先に立った太助の顔を見た。頬の肉が若干落ちたようだ。

「へえ。猫捜しの注文が重なって」

太助が答える。

「ひょっとして、芝の火事か」

「はい。猫が逃げだしてしまったんです。それで五件の依頼が」

太助は猫の蚤《のみ》取りやいなくなった猫を捜すことを商売にしている。

「で、見つかったのか」

「三匹まで見つけました。あと二匹が……」

「苦労しているのか」

「はい」

「あの火事だ。遠くまで逃げてしまったのだろうな」

「はい。猫が自分で戻ってくるのを待つしかありません」

「犬は遠く離れた場所からでも戻ってくるようだが、猫もそうか」

「はい。猫も戻ってこられます」

「なるほどな、さあ早く、上がれ」

「いえ、体中が埃《ほこり》だらけなので。これから湯屋に行ってさっぱりしてから出直します」

「何を言っているのだ。ここの風呂に入るといい」

「でも」

「遠慮などするな」

そこに妻女の多恵《たえ》がやってきた。

「あら、太助さん」

多恵は声を弾ませ、

「どうしていたの？」

と、三日ほど顔を出さなかったことをなじるようにきいた。

「猫捜しで忙しかったらしい」

剣一郎は説明をし、

「風呂を使うように勧めているところだ」

「そうでしたか。さあ、太助さん。台所にまわって」

太助は多恵の勢いに気押されたように、

「じゃあ、呼ばれます」

と言い、台所に向かった。

「どうせ、夕餉もまだだろう」

「ええ、わかっています」

太助の顔を見て安心したのだろう、多恵は生き生きとして部屋を出ていった。

伜《せがれ》の剣之助《けんのすけ》は嫁いできた志乃《しの》にとられ、娘のるいは嫁に行き、寂しい思いをしていたのだろう。そんなときに、太助が現われたのだ。もはや、太助は家族の一員も同然だった。

ひとりになって、再び長次のことを考えはじめたとき、襖が開いて大柄な侍が入ってきた。

「おお、左門《さもん》ではないか」

剣一郎の竹馬《ちくば》の友の橋尾《はしお》左門だった。

左門はいつも訪問の挨拶抜きで、勝手に玄関を上がり、居間にやってくる。傍《ぼう》若無人《じゃくぶじん》な振る舞いも左門なら憎めない。

「夜になっても暑いな」

左門はあぐらをかいた。

「久しぶりだな」

「だから、声を聞きたいだろうと思ってな」

左門はほがらかに言い、

「るいは元気か」

と、いつものように気にした。

「ああ、元気なようだ」

「どうもるいがいないと、ここにきても張り合いがない」

左門は子どものころからるいを可愛がり、この家に来ると、よくるいを笑わせていた。るいも「左門のおじさまはおもしろい」と言って、左門が遊びにくるのを楽しみにしていた。

家に遊びにくる左門は常に陽気だ。しかし、奉行所での顔は別人である。吟味《ぎんみ》方与力の左門は奉行所では常に厳しい表情をしており、決して笑うことはない。

奉行所の廊下で剣一郎とすれ違っても軽く会釈をするだけだ。公私のけじめをきっちりつけているのだ。

「芝の火事で、赤子を助けた男がいたそうだな」

左門が口にした。

「聞いたか。長次という男だ。わしもためらった炎の中に飛び込んでいった。身の危険を顧《かえり》みず、赤子を助けようと」

「なんと勇気のある男だ」

左門は感心する。

「ああ、見上げた男だ」

剣一郎は言ってから、

「ただ、複雑だ」

「複雑？」

「あのとき、わしは迷った。長次を引き止めるべきかどうか。だが、取り残されている赤子のことがあったので止めることをためらった。その間に、長次は火の中に飛び込んでいった」

「結果的にはふたりとも助かったのだ」

左門は磊落《らいらく》な調子で言う。

「奇跡的に雨が降ってきたからだ。もし、雨がなかったら、最悪の事態になっていたかもしれぬ」

剣一郎は溜め息をつき、

「そうなったら、わしはあとあとまで長次を見殺しにしてしまったと自分を責め続けていたかもしれぬ」

と、唇を嚙《か》んだ。

「引き止めていたら、長次は無事でいられたろうが、赤子は助からなかった。どちらを選んでも悔いを残すことになったはずだ」

「そのとおりだ」

剣一郎は素直に応じる。

左門がじっと剣一郎の顔を見つめていた。

「なんだ？」

剣一郎は不審に思ってきく。

「そなたもひとの子かと思ってな」

「…………」

「いつも、鋭利な頭脳で物ごとの理非を一刀両断するそなたが、そのようなことで思い悩むとはな」

左門は驚いたように、

「さしもの青痣与力も自分のこととなると判断が鈍るようだな」

と、続けた。

「そうかもしれぬな」

剣一郎は苦笑した。

また、左門は怪訝《けげん》そうな顔を向けていた。

「まだ、何かあるのか」

剣一郎はきく。

「なるほど」

左門は悟《さと》ったように頷く。

「何が、なるほどだ？」

「そなたは、やはり自分を客観的に見ている」

「さっきは、自分のこととなると判断が鈍るようだと言っていたではないか」

「訂正する」

「早いな」

「そなたは若い頃、人質を救出するために押し込み連中が立て籠《こ》もる商家に単身で乗り込んだ。そんな男が飛び込んでいけなかったのは無理だと思ったからだ。正常な判断だったろう。だが、長次は飛び込んでいった。そなたにはどうしようもないことだ」

左門は身を乗り出し、

「そなたは長次を引き止めるべきかどうか迷ったと言うが、引き止めたとしても長次は飛び込んでいったはずだ。そなたが気にしているのは、長次はなぜあのような無謀な真似《まね》が出来たかではないか」

「うむ」

剣一郎は微《かす》かに唸った。

剣一郎は単身で乗り込んで押し込み連中を退治した勇気を讃えられているが、それにはわけがあった。

十代の頃、兄と町に出たとき、人質事件に遭遇したのだ。兄は迷わず狼藉者《ろうぜきもの》たちに立ち向かっていった。兄はひとりで何人も倒したが、不意を突かれて手傷を負った。兄の危機を前にしても剣一郎は怖くて動けなかった。そのために兄は斬られた。そこでやっと剣一郎は闇雲に浪人たちに突進していったのだ。剣一郎は残りの浪人たちを退治したが、兄は息絶えていた。もっと早く加勢していたら、兄は命を落とすことはなかったのだ。

剣一郎はそのことがずっと負い目になって苦しんでいた。そんなときに行き合ったのが押し込み騒動だった。

単独での踏み込みは、負い目から逃れるための破れかぶれの行動でしかなかった。しかし、このことが、後に正義と勇気の象徴として青痣与力と呼ばれる所以《ゆえん》になったのは何とも言えない皮肉だった。

「長次には何か切羽詰まったものがあったのかもしれない」

剣一郎は呟く。

「つまり、長次にはそこまでしなければならない何かがあったと思うのだな」

「そうだ。長次はなんらかの負い目を背負っている」

「その何かを探ろうと言うのか」

「いや、そこまで詮索《せんさく》するつもりはないが……」

剣一郎が首を横に振ったとき、多恵がやってきた。

「多恵どの、勝手に邪魔をしている」

左門は平然と言う。

「お久しぶりですね」

「ああ、るいどのがいなくなって何となく足が遠のいた」

「るいも左門さまとお話しするのを楽しみにしていましたからね。ところで、剣之助はいかがですか」

多恵は笑いながらきいたが、目は真剣そのものだった。やはり、息子のことは気にかかるのだ。

「剣之助にはずいぶん助けられている。きっといい吟味方与力になろう」

左門の返事に、多恵の目も笑った。

剣之助は吟味方の見習い与力として左門の下で働いている。

「それにしても、多恵どのはいつまでも若々しい。うちのと同い年というのが信じられぬ」

「はいはい、わかりました。今、お持ちしますよ。灘《なだ》のいいお酒がありますから」

多恵は左門をあしらうように言う。

「いや、そんなつもりでは……」

「わかっていますよ」

多恵は部屋を出て行った。

多恵と女中が酒肴《しゆこう》を運んできた。太助もさっぱりした様子で、酒盛りに加わった。

「うまい酒だ」

左門が満足そうに言い、

「剣之助も呼んでやろう」

と、口にした。

「それはどうでしょうか」

太助が口をはさむ。

「なんだ、どうでしょうかとは？」

「だって、左門さまは剣之助さんの上役なのでしょう。上役といっしょに呑んでも楽しめないいんじゃないかと」

太助は遠慮なく言う。

「そんなことはあるまい。呼んでやろうか」

剣一郎は微苦笑して多恵に言う。

「いや、呼ばんでいい。確かに、太助の言うとおりかもしれぬな。俺だって宇野さまといっしょに酒など呑みたくない」

左門は寂しそうに言う。

「呼んできますよ」

多恵は立ち上がった。

それほど待たずに、剣之助と嫁の志乃がやってきた。急に部屋の中が華やかさに包まれた。

「左門さま。いつも夫がお世話になっております」

志乃が左門に挨拶をした。

「いや、こっちのほうがかえって世話になっている」

左門は言ってから、

「そなたたち父子は揃《そろ》って美しい女子《おなご》を嫁にしてうらやましい限りだ」

「あら、左門さまの御新造《ごしんぞ》さんもきれいなお方ではありませんか」

志乃は如才がない。

多恵に代わって、陳情やら挨拶にやってくる来客の相手をしているだけあって、若いのに受け答えが堂にいっていた。

剣一郎はそんな志乃を目を細めて見た。

賑やかな酒盛りが半刻（一時間）ほど続いて、左門が大きなあくびをした。目がとろんとしている。

「そろそろお開きにしよう」

剣一郎が言う。

「うむ。だいぶ呑んだ」

左門は赤い顔をして言う。

「左門さま。お屋敷までお送りいたします」

剣之助が言う。

「なに、心配いらない。ひとりで帰れる」

左門はしゃきっとして言った。

「そうですか。では、私たちはこれで」

剣之助と志乃が先に引き上げた。

「左門。そなたのおかげで楽しいひとときを過ごすことが出来た。礼を言う」

「こっちこそ、楽しかった」

左門は言ってから、

「そうそう。宇野さまから聞いたが、大坂東町奉行所から妙な依頼があったとか」

と、きいた。

「うむ。六輔という男を捜すのを手伝ってもらいたいという申し入れだが、実際は六輔を始末したいだけのように思える」

「六輔というのはどういう男だ？」

「商家の奉公人だったそうだが、詳しいことは教えてもらえなかった。ただ、歳は二十八、中背で細面に切れ長の目、尖った顎に大きな黒子が特徴だそうだ」

「迂闊《うかつ》に乗らないほうがいいな」

「わかっている」

「すっかり、いい気持ちになった」

左門は立ち上がってよろけた。

「太助、左門を送ってくれ」

「はい」

「それから、太助は今夜はここに泊まれ」

「いいんですか」

「当たり前だ」

「わかりました」

元気に言い、太助は左門を送って行った。

玄関まで左門を見送って、多恵が居間に顔を出した。

「左門どの。ずいぶんお呑みになってましたね」

「気分がよかったのだろう。でも、楽しい酒だからいい」

「ほんとうに」

「そなたも珍《めずら》しく呑んだな」

めったに酒を口にしないが、今夜は何杯か杯を空《あ》けていた。

「剣之助と志乃もいっしょでしたし」

多恵も満足そうに言う。

「それに太助もな」

「ええ」

「太助の床《とこ》を用意してやってくれ」

「もう支度《したく》してあります。お酒が入っていて、今から帰るのはたいへんですからね」

多恵は微笑《ほほえ》んだ。

しばらくして太助が戻ってきた。

「左門はだいじょうぶだったか」

「だいぶお酔いのようで」

「絡《から》まれたか」

「はい。好きな女子はいないのか。俺が世話をするからと。お屋敷に着くまでそればかり。あまりしつこいので、ついお願いしますと言ってしまいました。どうしましょうか」

「世話になる気はないのか」

「とんでもない」

「そうか。心配いらない。左門は明日になればそんなこと忘れている」

「そうですか」

太助はほっとしたように言う。

「太助。ひょっとして好きな女子がいるのか」

剣一郎は驚いてきいた。

「いえ、いません」

太助はあわててかぶりを振った。

「以前、今戸《いまど》の……」

剣一郎の言葉を制して、

「青柳さま。さっきの六輔という男のことですが」

と、口《そ》にした。

話を逸らしたいのだとわかって、剣一郎は苦笑した。

「同じ特徴の男を見かけたことがあります」

「どこでだ?」

「浅草の駒形堂です。猫を捜して駒形堂の前を通ったら、捜している猫に餌《えさ》をやっている男がいました。その男がまさに同じ特徴でした。それに、上方訛《かみがたなま》りがありました」

「それはいつのことだ?」

「半月ほど前です」

「『堺屋』を訪ねたか」

剣一郎は想像する。

「『堺屋』?」

「駒形町の『堺屋』の主人福太郎と六輔は知り合いらしい」

『堺屋』の離れに追手が入り込んで六輔を待ち構えているようだと、剣一郎は説明し、

「また六輔と巡り合うことがあったら、なんとか居場所を聞きだすのだ」

「わかりました」

太助は請け合った。

「さあ、もう休むとしよう」

「はい」

「そなたの好きな女子の話を聞きそびれた」

「お休みなさい」

太助は逃げるように自分の寝間に向かった。

剣一郎は苦笑して太助を見送った。

五

翌日、剣一郎は芝口橋を渡った。

橋を渡ると景色は一変する。一面の焼け野原だ。火事の残骸が大八車で運ばれて行く。焼け跡でたくましく立ち働くひとびとの姿を見ながら、浜松町の『加賀屋』の土地にやってきた。

だいぶ片づけられており、物置小屋があった辺りもきれいになっている。検分は終わったようで、奉行所の者はいなかった。

剣一郎は『加賀屋』の半纏を着た番頭ふうの男に声をかけた。

「下男の吾平はいるか」

「吾平でございますか。少々お待ちくださいい」

番頭ふうの男は、残骸を片づけている奉公人たちのそばに行って、声をかける。

奉公人たちは首を横に振っている。中のひとりが番頭らしき男に何か訴えているようだ。

番頭らしき男が戻ってきた。

「朝から誰も見ていないそうです」

「見ていない?」

剣一郎に不安が過《よぎ》った。

そこに、同心の友永亀次郎が岡っ引きの勘助とともにやってきた。

「青柳さま」

亀次郎が頭を下げ、

「吾平のことで?」

と、口にした。

「気になってな。だが、吾平の姿が見えないのだ」

「まさか」

勘助が叫び、燃え残りで作られた仮のねぐらに駆けて行った。

そこを見ていたが、血相を変えて戻ってきた。

「どうした?」

亀次郎がきく。

「逃げたようです」

「逃げただと?」

剣一郎は聞きとがめた。

「昨夜、吾平に話を聞きにきたのです。場合によっては自身番までしょっぴこうかと思ったのですが、吾平は従順で、明日になればちゃんとお話ししますとしおらしく言いました。じゃあ、明日の朝、話をききに来るといって引き上げたのです」

亀次郎の言葉を勘助が引き取った。

「ふとん代わりに敷いてある筵《むしろ》が、あっしが見たときと同じ状態でした。昨夜、あっしらが引き上げたあと、逃げだしたに違いありません」

「抜かったな」

亀次郎が唇を噛んだ。

「昨夜、自身番に連れていかなかったのはなぜだ?」

剣一郎はきいた。

「じつはまだ確たる証《あかし》がなく、自身番に連れ込んで詰問しても、すべて否定されたらそれ以上追及することが難しかったのです」

亀次郎は渋い顔で答える。

「出火直前、物置小屋の近くにいたことは間違いないということであったが?」

「はい。ふたりが証言していますので、確かかと」

「その付近に他にひとは?」

剣一郎は確かめる。

「吾平以外の者を見たという話はありませんでした。それで、吾平を捕まえて取り調べるつもりでいたところ」

亀次郎は息継ぎをして、

「昨日の夕方になって、出火の少し前に『加賀屋』の前を通ったという鰻《うなぎ》屋の出前持ちが見つかったのです。『加賀屋』の裏手に通じる路地から出てきた男を見たと申しておりまして……」

と、困惑した顔をした。

「しかし、『加賀屋』の裏口の戸は閂がかかっていたという話だったな」

剣一郎は外の者が庭に入ることはできないのではないかときいた。

「はい。ところが、昼ごろ、女中が古紙を処分するために紙屑《かみくず》買いを庭に入れたとかで。そのあと、裏口の閂がかかっていなかったかもしれないというのです」

「閂をかけるのは誰の役目だ？」

「吾平です。女中は吾平に閂をかけるように頼んだと言っているんですが、吾平はかけたかどうか覚えていないと」

「なるほど。閂をかけ忘れていたのなら、店の外の者も庭に入ってこられたわけだ」

「はい。そのことがあったので捕縛に踏み切れなかったのです。ですが、吾平が嘘《うそ》をついているかもしれず、改めてじっくり話を聞こうとしたのです」

「そういうわけか」

「はい」

「ねぐらで寝た形跡がないのは、昨夜のうちに逃げだしたからでしょう」

亀次郎はいまいましげに言い、

「でも、これで付け火を認めたも同然です。すぐに手配いたします」

と、気を取り直して言った。

「吾平を捜し出すのと同時に、鰻屋の出前持ちが見たという男を捜すのだ」

「わかりました。とりあえず、吾平を『加賀屋』に世話した口入れ屋に行ってみます」

亀次郎と勘助が吾平の探索に向かったあと、剣一郎は長次が吾平と顔馴染《なじ》みになっていたことを思いだした。


剣一郎は浜松町から尾張町二丁目にやってきた。

松井定安の家で養生をしている長次に会った。

日ごとに顔色がよくなっているのがわかった。

「おかげさまで、痛みもだいぶ和らいできました。あと二、三日したら起き上がれそうです」

声にも力が籠もっていた。

「ときに『加賀屋』の下男吾平のことだが」

「やはり、吾平さんに何かあったんですか」

長次が真剣な眼差《まなざ》しをした。

「どうぞ、教えてください。まさか、吾平さんに付け火の疑いが？」

長次は言い、

「なんとなく」

「なぜ、そう思うのだ？」

と、きいた。

「どうしてそう思うのだ？」

「なんとなく」

また、長次は同じことを言った。

「そうか、なんとなくか」

「青柳さま、どうなのでしょうか」

「そうだ。そなたの言うとおりだ」

剣一郎ははっきりと言った。

「そんな」

長次は憤然として、

「吾平さんはそんなことをするひとではありません」

と、訴えるように言う。

「火元は『加賀屋』の物置小屋だそうだ。出火の少し前、奉公人が物置小屋の近くにいた吾平を見ていたそうだ」

「吾平さんがそんな真似をする理由はありません」

長次は反論する。

「吾平はたびたび女中部屋を覗いていたそうだ。そのことがあるので、主人の部屋の手文庫から五両がなくなったとき、吾平が疑われた。しかし、主人の思い違いで五両は別の場所にあった。とんだ濡れ衣だったが、主人は謝るどころか女中部屋を覗いていたことを叱責したそうだ。このことを根に持っていたのではないかと」

「そんなことで恨みを持つようなひとではありません」

剣一郎はそう言い切る根拠が気になり、

「吾平のことをそんなに深く知っているのか」

と、きいた。

「吾平さんとはじめて会ったとき、悪いことが出来るひとではないと思いました」

「そう感じたのか」

「そうです」

「どうして、そう感じたのか」

「なんとなくです」

「また、なんとなくか。そなたは、すべてにおいて、なんとなく感じるのか」

「とっさに強く感じることもあります」

「とっさに？」

剣一郎はふと火事場のことを思いだした。

「炎の中に飛び込んだのも、赤子を助けられるととっさに感じ取ったからか」

「…………」

長次からすぐに返事がない。

「どうした？」

「いえ。確かに、あのときはとっさにだいじょうぶだと感じました」

「では、あのとき、雨が降らなくても助けられたと言うのか」

「いえ、わかりません」

長次は正直に答えた。

「まさか、なんとなく雨が降ると予想がついたのか」

風が強く、西の空から雨雲が流れてきていた。長次はそのこともとっさに考えに入れ、助けられると判断したのかもしれない。

鋭い直感力の持ち主ということになる。

「雨のことは期待していませんでした」

「雨雲が流れているのに気がつき、じきに雨が降ると予期したのではないか」

「いえ、そこまでは」

長次はとっさに状況を判断し、最善の方法を選択する能力に長《た》けているのかもしれない。だが、それだけだろうか。他にもっと何かがあるのではないか。若き日の剣一郎が押し込みの一味の中に単身で踏み込んで行ったように……。

しかし、今、そのことをきいても、長次は答えまい。

「そなたは吾平は付け火などしないと思っているのだな」

剣一郎は吾平のことに話を戻した。

「そうです」

「じつは、昨夜から吾平は姿を晦《くら》ましているのだ」

「なんですって」

長次は目を剝いた。

「吾平は焼け跡で暮らしていたが、今朝行ったらいなかった」

そのときの様子を話した。

「何か別の事情があったんだと思います。吾平さんに限って……」

長次は縋《すが》るような眼差しで、

「青柳さま。どうか、吾平さんを信じてあげてください」

と、訴えた。

「わかった。吾平のことを信じよう。だが、姿を晦ましたままでは立場が悪くなる。早く見つけ出さなければならない」

剣一郎は厳しい顔になり、

「吾平が立ち寄りそうな場所を知らないか」

「いえ」

「知り合いがいるという話は聞いていないか」

「親しいひとはいないそうです」

長次は言ってから、あっと叫んだ。

「そういえば、ひとりだけ同じ村の男が江戸に来ていると言ってました」

「どこにいるかは？」

「わかりません」

「名は？」

「聞いていません」

「なんという村だ？」

「村の名前は聞いていませんが、信州佐久《さく》の出だと言ってました」

「よし。吾平のことは心配するな」

剣一郎は立ち上がった。

「青柳さま」

長次が呼び止めた。

「何か」

剣一郎はもう一度腰を下ろした。

「さっき、吾平さんは女中部屋を覗いていたと言ってましたね」

「うむ」

「たぶん、おまきちゃんに会いに行っていたんだと思います」

「おまきか」

「ええ、おまきちゃんは自分の子どものような年齢であっても、吾平さんにとってはただひとりの話し相手だったんです」

「主人にきかれて、おまきに会いに行ったなどとは言えなかったということか」

剣一郎は吾平の気持ちになってみた。

「ええ、三十半ばの男が十三歳の娘に会いになんて、変に思われるでしょうから」

「女中部屋に行くという話を吾平から聞いたことはあるか」

「いいえ。ただ、日に一度はおまきちゃんの顔を見ないと落ち着かないと言ってました。だから、おまきちゃんの姿が見えなかったときに女中部屋の近くまで行っていたのかもしれません」

長次は吾平をかばうように言う。

「おまきはどこの出なのだ？」

「巣鴨村《すがもむら》と言ってました」

「巣鴨村か」

「おまきちゃんは今、どこに？」

長次がきいた。

「『加賀屋』の者たちは、深川にある『加賀屋』の寮に避難しているようだ」

「そうですか。じゃあ、おまきちゃんもそこに」

「いずれにしろ、逃げたことは吾平にとって不利だ。早く、居場所を見つけたい。何か思いだしたことがあったら知らせるのだ」

剣一郎はそう言い、改めて立ち上がった。

部屋を出るとき、剣一郎は振り向いた。

長次は思い詰めた目で天井を見ていた。吾平の逃亡先に心当たりがあるのではないかと思ったが、剣一郎はそのまま引き上げた。

第二章　川開きの夜

一

三日経《た》った。

その日、剣一郎は奉行所に出仕し、同心の亀次郎を与力部屋に呼んだ。

剣一郎は亀次郎と向かい合い、

「見通しはどうだ?」

と、口にした。

いまだに、吾平の行方はわからなかった。

「吾平を『加賀屋』に世話した口入れ屋『宝木屋《たからぎや》』や請人《うけにん》のところにも顔を出していません」

亀次郎が報告する。

「吾平は信州佐久の出身で、同郷の者が池之端仲町《いけのはたなかちょう》の商家に奉公していますが、そこにも現われていません」

「江戸を離れた形跡はないのだな?」

剣一郎は確かめた。

「はい。四宿すべてを調べましたが、吾平らしき男が抜け出た形跡はありませんでした」

東海道品川《しながわ》宿、中山道板橋《なかせんどういたばし》宿、日光《にっこう》・奥州《おうしゅう》街道千住《せんじゅ》宿、甲州《こうしゅう》街道内藤新宿《ないとうしんじゅく》に吾平らしき男が通過した様子はなかった。

「江戸を出たとしても行き場はあるまい」

剣一郎はやりきれないように言う。

「そこで盛り場から武家屋敷の中間《ちゅうげん》部屋などにも探索の網を広げています」

「どこぞの橋の下や寺社の境内《けいだい》で野宿をしているとも考えられるが、三日経つ。食い物とて必要だ」

「吾平と思われる盗っ人も報告されていません」

「そうか。金はそれほど持っていないはずだ。今後、切羽詰まってひとの金を奪おうという不届きな考えを持つかもしれぬ。その対策もぬかりなく」

「はっ」

「それにしてもどこにいるのか。どこかの飯場にもぐり込んだか。やはり、誰かに匿《かくま》われているやもしれぬな」

剣一郎は首を傾《かし》げた。

「ところで、鰻《うなぎ》屋の出前持ちが見たという男は見つかったのか」

思いだして、きく。

「はい。裏長屋に住む男でした。近道なので、ときたまあの路地を使っているということでした。付け火とは関係ありません」

亀次郎は自信に満ちた目で、

「もはや、吾平が付け火をしたことに間違いはないようです」

と、言い切った。

なにより、逃げたことが動かしようのない証《あかし》だと、亀次郎は付け加えた。

なぜ、吾平は逃げたのか。その理由は他には見当たらない。

だが、剣一郎はなぜか長次の勘を信じたいという思いが消えなかった。

吾平は付け火をするような男ではないという長次の言葉を、剣一郎は重く受け止めている。

赤子を助けるためとはいえ、あの猛火の中に飛び込んで行ったことが頭から離れないのだ。長次には鋭いひらめきと決断する力がある。

ただ、それだけのひらめきがある男ならば、鋳掛屋《いかけや》に留《とど》まっておらず、もう少し大きな仕事をしていてもおかしくないと思うが……。

亀次郎が下がったあとも、剣一郎は吾平の行方を考えた。やはり、誰かが匿っているとしか考えられない。

そう思ったとき、長次に思いが向いた。長次は吾平の行き場を知っているのではないかと、ふと考えた。

三日前、長次は知らないと言っていたが、別れ際に厳しい目つきで天井を見つめていた。

長次は吾平の行先に心当たりがあるのではないか、という疑念がまたも頭をもたげた。

剣一郎は奉行所を出た。


尾張町二丁目にある医者の松井定安の家にやってきた。

助手の若い男が出てきて、

「長次さんは昨夜、出て行きました」

と、言った。

「出て行った？」

「はい。もう痛みはなくなったからと。先生が引き止めたのですが、強引に」

剣一郎は耳を疑った。

助手は困惑ぎみに言う。

「薬代などはどうした？」

「あとで必ず払いにくると」

「そうか。それは奉行所で払う」

そう言い、剣一郎は、

「定安どのはいるか」

と、きいた。

「あいにく往診に出かけました」

「そうか。また、出直そう」

剣一郎は定安の家を出て、芝に向かった。

芝口橋を渡ると、あちこちから復興に向けた槌音《つちおと》が聞こえていた。

露月町の杢兵衛店があった辺りに行くと、数人の男が焼け跡を片づけていた。

周辺の瓦礫《がれき》はほとんどなくなっていたが、そこだけはまだ手付かずのようだ。

数人の男の中に、長次がいた。

長次も剣一郎に気づいて飛んできた。

「青柳さま」

「昨夜、医者の家を出て行ったそうだな」

剣一郎は咎《とが》めるようにきく。

「はい。もう痛みはほとんどありませんし、ここの片づけのことが気になっていたので」

長次は言ってから、

「案の定、住人の半分以上が引っ越してしまったそうです」

と、付け加えた。

「そなたは同じ長屋に住むつもりか」

「へえ、長屋が再建されるならまた住みたいと思っていました。そしたら、大家さんの話では再建するにしても、半年も先になるだろうというので……」

「では、それまではどこか別に住まいを探さねばならぬな」

「はい」

「大家はどこにいるのだ？」

「神谷町《かみやちょう》だそうです」

「ところで、昨夜はどこに泊まったのだ？」

「………」

長次からすぐに返事がなかった。

「どうした？」

「いえ」

長次は首を振ってから、

「じつは手慰《てなぐさ》みを」

と、いくぶん声をひそめて言った。

「手慰みだと？　どこの賭場《とば》だ？」

「青柳さま。それればかりはご勘弁ください。誰にも喋《しゃべ》らないという決まりになっているので」

「夜通し、そこで博打《ばくち》をやっていたのか」

「ええ、明け方まで。仮寝はしました」

「元手はどうした？」

「わずかな金が胴巻きに入ってましたので」

「長次」

剣一郎は厳しい声を出した。

長次ははっとなった。

「吾平と会ったのではないか」

剣一郎はずばりときいた。

「いえ、会っていません」

長次はあわててかぶりを振った。

「あっしは吾平さんがどこにいるかなんて知る由《よし》もありません」

「たとえば、何かあったら、誰々を訪ねろという話をしてあったのではないか」

剣一郎は推測して言う。

「とんでもない。あっしだって、知り合いは多くありません」

「鋳掛屋として江戸中を歩き回っていたのだ。知り合いは多かろう」

剣一郎は言う。

「仕事での知り合いばかりです。仕事を離れた付き合いはありません。呑《の》みにも行きませんから呑み友達も出来ません」

長次は苦い顔をした。

「そうか。今後のことだが、当てはあるのか」

剣一郎は話題を変えた。

「しばらく、ここで寝泊まりします」

「なぜだ？　長屋の再建は半年以上先では？」

「じつはちょっと捜し物が……」

「何か」

「へえ、たいしたもんではないのですが、見つかるものならば見つけたいと」

「そうか。今年は空梅雨《からつゆ》だが、いつ雨が降るかもしれない」

「そのときは、お救い小屋に駆け込みます」

増上寺の隣の敷地に、救済用の仮小屋が建てられていた。そこで炊《た》き出しをしている。

「『末広屋』のご主人があっしの住まいを用意すると仰《おつしや》ってくれましたが、あちらさんだって焼け出された身。そこまで気を使っていただかなくて結構でございますと遠慮させていただきました」

「赤子の命の恩人だ。『末広屋』の主人夫婦の感謝の気持ちを素直に受け取ってもいいと思うが」

「ええ、お気持ちはよくわかっています」

「そうか。では、近々奉行所まで来てもらいたい。ささやかだが、人助けの褒賞が出る。受け取りにくるのだ。それから、薬代も奉行所で持つ」

「ありがとうございます」

「では、待っているからな」

「はい」

長次は頭を下げた。

剣一郎は心を残しながら踵《きびす》を返した。

長次という男がどうにも気になるのだ。褒賞が出ると聞いてもさしてうれしいようでもない。命懸けの人助けをしたというのに誇ることもなく、まるで他人事のようだ。


杢兵衛店の大家は、娘の嫁ぎ先である神谷町の酒屋に夫婦で身を寄せていた。

剣一郎は離れの部屋で、大家と向かい合った。五十近い小肥りの男だ。

「長次のことできききたい」

剣一郎は切り出した。

「承知のように、長次は燃え盛る家に飛び込んで無事に赤子を救出した」

「そのようですね」

大家は目を細めた。

「だが、そのことを誇ることもなく、奉行所からの褒賞にも飛びつこうとしない。なかなか謙虚な男だ」

「はい。長次はそういう男でございます」

「長屋での暮らしぶりはどうなのだ？」

「いたって地味です。朝早く鞴《ふいご》を持って長屋を出て、暗くなる前に必ず戻ってきます。帰ってからもどこぞに遊びに行くこともありませんでした」

大家は、長次の生真面目さを強調した。

「酒は呑まないのか」

「酒屋で買ってきて家でひとりで呑んでいたようです」

「訪ねてくる者は？」

「いなかったと思います」

「女のほうはどうだ？」

「女郎買いにも行きません」

「手慰みは？」

剣一郎は畳みかけてきく。

「夜出かけないのですから博打《ばくち》には手を出していないでしょう」

「昨夜、医者の家を出て、賭場《とば》に行ったと言っていたが？」

「それは信じられません」

大家は首を傾げた。

「長次には楽しみがないのか」

「さあ、性分でしょうか」

「長次が杢兵衛店にやってきたのはいつごろなのだ？」

剣一郎はさらにきく。

「五年前です」

「そのころから毎日の暮らしぶりは変わらないのか」

「そうです。まったく変わりありません」

「それ以前はどこにいたかきいているか」

「本郷《ほんごう》だそうです」

「本郷のどこだ？」

「そこまでは聞いておりません。本郷菊坂町《きくざかまち》に鋳掛屋の師匠がいたそうで、手解《てほど》きを受けるために住みついたようですから、その家の近くだと思います」

「鋳掛屋の師匠？」

長次のことを知っている人物がいたのか。

「長次は鋳掛屋のとっつあんと呼んでいました。とっつあんの手解きを受け、それから鋳掛屋をはじめたと聞いたことがあります」

「そのとっつあんは健在なのか」

「だと思いますが」

「名は聞いてないか」

「いえ」

調べればわかるはずだと思った。

「鋳掛屋としての評判はどうなのだ？」

「仕事が丁寧《ていねい》だというので評判はいいようです」

「そうか」

剣一郎は少し考えてから、

「長次はそなたにとっては世話のない店子《たなこ》だったのか」

と、確かめた。

「そうですね。店賃が滞ったこともなく、何も問題はありません。ただ、大家としてはなんとなく味気ない思いではいました」

大家は苦笑し、

「少しぐらい、何か困らせてくれたほうが、大家としての威厳を発揮できる場面もあったでしょうが」

「そうか、それほど世話をかけなかったということか」

「はい。しいていえば」

大家は思いだしたように、

「ときたま、夜中にうなされて大きな叫び声をあげることがあったようです」

「うなされて？」

「ええ。隣に住む男がびっくりして飛び起きたということが何度かありました」

剣一郎は頭の中で何かが閃《ひらめ》いた。

「長次はずっと独り身だったのだろうか」

「本人はそう言っていますが」

大家は首を傾げた。

「何か」

「はい。長次は位牌《いはい》を持ってました」

「位牌？」

「夜帰ってきてから文机《ふづくえ》の上に出し、朝出かけるときには柳行李《やなぎごうり》の中に仕舞っていました。一度、誰だときいたんですが、教えてくれませんでした」

「位牌か……」

長次は焼け跡で捜し物をしていた。ひょっとして位牌だろうか。火事は仕事で外に出ている間に発生した。長次は火の手が上がったのを見て、位牌をとりに戻ったのではないか。その途中で、取り残された赤子の騒ぎに遭遇したのだ。もし、遭遇していなければ、長屋に向かったであろう。捜していたのが位牌だとしたら、よほど大切なひとの位牌だ。

家族はいないと言っていたが、長次にはかみさんがいたのかもしれない。松井定安の話を思いだす。長次は太股《ふともも》に古い火傷痕《やけど》があったという。ひょっとして、長次は昔、かみさんを火事で亡くしているのではないか。かみさんを助けられなかったことで心に傷を負っている……。そんなことに思いが行った。

「長次は遠州の生まれだそうだな」

「そのようですね。江戸に出て七、八年だと言ってました」

「七、八年か」

かみさんを亡くし絶望して江戸に出た。本郷菊坂町に住み、そこで鋳掛屋の師匠と出会ったのではないか。

大家と別れ、剣一郎は神谷町から本郷に向かった。

二

剣一郎は本郷菊坂町にやってきた。

自身番に顔を出す。

「これは青柳さま」

月番で詰めていた家主《いえぬし》が剣一郎に挨拶《あいさつ》をした。

「ちょっと訊ねたいが、町内に鋳掛屋はいるか。年配の鋳掛屋なのだが」

剣一郎はきいた。

「それなら、梅蔵《うめぞう》さんかもしれません」

「梅蔵はどこに住んでいるのだ？」

「この先の半右衛門店《はんえもんだな》です」

「まだ、仕事から戻っていないな」

「いえ、十日ほど前に、転んで足を挫《くじ》いて今は仕事に出ていないようです」

「では、いるのか」

「はい。案内しましょうか」

家主が言う。

「いや。半右衛門店であったな」

「そうです」

「邪魔をした」

剣一郎は自身番を出て、この先にあるという半右衛門店に向かった。

木戸をくぐり、腰高障子《こしだかしょうじ》を見ながら路地の奥に行くと、梅蔵と書かれた千社《せんじゃ》札《ふだ》が目に入った。

剣一郎は戸を開け、

「ごめん」

と、声をかけた。

部屋に五十近いと思える男が片足を伸ばして座っていた。

「梅蔵か」

「へえ……、あっ！　青柳さまで」

梅蔵はあわてて居住まいをただそうとした。

「そのままでいい。足を挫いたそうだな」

「へえ、お恥ずかしい話で」

梅蔵は自嘲した。

「まだ痛むのか」

「へえ、あと数日かかると医者に言われました」

「そうか」

「青柳さま。何か」

梅蔵は不安そうな顔をした。

「長次という男を知っているか」

「ええ、知っています。長次が何か」

「ひと助けをした」

「長次がですかえ」

梅蔵はほっとしたように言う。

剣一郎は腰から刀をはずし、

「座らせてもらおう」

と言い、上がり框《かまち》に腰を下ろした。

「先日の芝の火事で、焼け落ちる寸前の家に取り残された赤子を助けたのだ」

「そうですかえ」

「燃え盛る炎の中に飛び込んでいった。誰もが無謀だと思った」

「そうなんです。あの男はそういう奴なんです」

梅蔵は大きな声を出す。

「以前にも同じようなことがあったのか」

「火事じゃないんですが、七年前、神田川が氾濫しそうなほど雨が降り続いたときがありました。雨は上がったのですが、川の流れは凄《すさ》まじかった。その川に子どもが誤って落ち、濁流に呑まれてしまったんです。誰もが為す術《すべ》もなく見ていたのですが、そのとき近くで護岸の工事をしていた男が走ってきて、川に飛び込んだ。そんときも、誰もが無謀だと思いました」

そのときの緊迫した情景を思いだしたのか、梅蔵は大きく息を吐いて続けた。

「男は溺《おぼ》れている子どもを抱き締めたまま流されたのですが、橋桁《はしげた》にぶつかって止まり、それで岸に上がることが出来たんです」

「子どもも助かったのか」

「ええ、男が抱き抱えて守ったために流木にも当たらず、水を飲んだだけで無傷でした。男は体のあちこちに傷をこしらえていました。その男が長次でした」

長次は日傭取《ひようと》りで、その日は決壊した堤防の工事をしていたのだと言う。

「長次は怪我《けが》をしてしばらく力仕事が出来ない状態でした。それで、あっしが鋳掛屋をやらないかと誘ったんです」

「この長屋に引っ越してきて、二年ほどいっしょに仕事をしました。ひとりでやっていく自信がついて、五年前に芝に引っ越したんです。あっしと得意先がかぶらないようにと気を使ったんでしょう」

「その後、付き合いはあるのか」

剣一郎は確かめた。

「ええ、ときたま、ここを訪ねてくれます」

知り合いは多くないと言っていたが、梅蔵とは親しいようだ。

「最後に会ったのはいつだ？」

「三か月ほど前です」

「そうか。最近、長次の知り合いだという男が訪ねてこなかったか」

「いえ。その男は誰なんですかえ」

「いや、たいしたことではない」

剣一郎は言ってから、

「長次は位牌を持っていたようだが、知っているか」

「知っています。ふたつ」

「ふたつか。位牌の主《あるじ》は誰なのだ？」

「きいても言おうとしません。女の名が書いてあったので、おかみさんかときいたところ、黙っていました。やはり、おかみさんと子どもではないかと」

梅蔵は想像を口にした。

「長次は昔、おかみさんと子どもを亡くしているんじゃないでしょうか。火事場で赤子を助けたそうですが、やっぱり、子どものことになると後先考えず夢中で体が動いてしまうのかもしれません」

「芝の長屋では、ときたま長次は激しくうなされていたそうだが」

剣一郎は確かめる。

「ええ、そうでした。あっしも悲鳴に驚いて飛び起きたことがあります。かみさんと子どもはきっと事故か何かで亡くなったんでしょうね。そのときのことが蘇《よみがえ》ってくるのでは」

「そうかもしれぬな」

剣一郎は頷《うなず》いて、

「長次は遠州の出身だそうだが、そのころの話を聞いたことはあるか」

と、きく。

「いえ。あまり話したがりません。辛《つら》いことを思いだすのでしょう」

「長次が江戸に出てきたのは七、八年前だそうだな」

「日傭取りを一年ほどやっていたと言ってました。それからあっしといっしょに二年ですから、江戸にやってきて八年ってとこじゃないですか」

剣一郎はさらに念のためにきいた。

「長次が親しくしている者を知らないか」

「あまり、いないいんじゃないでしょうか」

「女はどうだ？」

「女にも関心を示しません。死んだかみさんのことが忘れられないんでしょう」

「そうか。いろいろ参考になった」

剣一郎は腰を上げた。

「青柳さま。長次にあっしの怪我のことは黙っていていただきたいのですが。あいつのことだ。よけいな心配をするかもしれないので」

梅蔵が頼んだ。

「ひとりでだいじょうぶなのか」

「ええ。あと数日もすれば起きられるようになります」

「ならいいが。大事にな」

剣一郎は土間を出た。


その夜、八丁堀《はっちょうぼり》の屋敷に太助がやってきた。

「青柳さま、駒形堂で例の男に会いました。猫を捕まえてくれたことの礼を言って近づき、話し込んでいたら、駒形町の『堺屋』の主人への言伝《ことづ》てを頼まれました」

「内容は？」

「明日の夜五つ（午後八時）ごろ、六輔が訪ねるとだけ」

古着屋『堺屋』の主人は福太郎といい、大坂の堂島にある『堺屋』の出店だ。

「明日の夜か」

「で、『堺屋』の主人に会いに行き、それを話したところ、裏口の閂《かんぬき》をはずしておくと伝えてくれと」

太助は続ける。

「それですぐに駒形堂に取って返し、男にそのことを伝えました」

「男は明日の夜、『堺屋』に忍び込むつもりか」

「そのようです」

太助は答えて、

「六輔さんにどうして今、会いに行かないのかきいたら、怪しい男がうろついているから近付けないと言ってました」

怪しい男とは大坂東町奉行所の者のことだろう。六輔が必ず『堺屋』に顔を出すと踏み、待ち構えているのだ。

裏口から入って、離れに潜む追手に気づかれずに主人と会えるのだろうか。

そもそも、六輔は危険を冒してまでどうして『堺屋』を訪れるのか。六輔はお紺という女の家で与力の佐川善次郎を殺した凶暴な男だと聞かされているが、東町奉行所の与力多々良錦吾は詳しいことは何も話してくれない。

いずれにしろ、六輔は明日の夜、『堺屋』を訪れるつもりだ。

そう思ったとき、剣一郎はあっと思った。

明日は五月二十八日、両国《りょうごく》の川開きだ。八月二十八日までの三か月間は隅田《すみだ》川《がわ》に涼《すず》み船を漕ぎだすことが許される。

その初日には花火が打ち上げられる。花火屋は横山町《よこやまちょう》の鍵屋弥兵衛《かぎややへえ》と両国広小路《ひろこうじ》の玉屋市兵衛《たまやいちべえ》で、『鍵屋』は両国橋の上流を、『玉屋』は両国橋の下流を受け持つ。

また、隅田川には屋形船や屋根船などの納涼船が出、川岸や両国橋、永代橋《えいたいばし》など多くの人出で賑わう。

吾妻橋《あずまばし》にもひとがたくさん出よう。駒形町も人通りは多い。

この賑わいに紛《まぎ》れ込んで、六輔は『堺屋』に入り込もうとしているのだ。

「太助、明日は川開きだ」

「あっ、じゃあ、その人込みに紛れて『堺屋』に」

太助は声を上げた。

「そうだ。だが、わからんのは、どうしてそこまでして『堺屋』に入ろうとしているのか」

剣一郎は首をひねった。

「『堺屋』の主人にどうしても会わなければならないわけとはなんでしょう」

太助も不思議そうに呟《つぶや》く。

「『堺屋』の主人はどんな感じの男だ?」

「言葉づかいもやわらかく、腰の低いひとでした。六輔という名を出したら、ちょっと緊張した顔つきになりましたが、すぐに裏口の閂をはずしておくという伝言を口にしました」

「主人は他に何も言っていなかったか」

「はい、それだけです」

太助は答えたあと、

「青柳さま。じつは『堺屋』の主人の返事を伝えたあと、引き上げて行く六輔さんのあとをつけたのです」

「ほう、そうか」

剣一郎はでかしたと口に出かかった。

「六輔さんは用心深く、吾妻橋を渡っているとき途中で何度も振り返るので近付けませんでした。橋を渡り切ったあと、石原町《いしわらちょう》のほうに向かいましたが、あっしが橋を渡ったときには姿は見えなくて……。尾行は失敗でした」

「いや、そこまでわかっただけでも上出来だ。よくやった」

「ほんとうですか」

太助は満面の笑みで喜んだ。

「本所《ほんじょ》に潜んでいるとわかれば、探索も絞《しぼ》れる」

剣一郎は言い、

「太助、明日はつきあってもらう」

と、命じた。

「もちろんです」

「なぜかわからないが、東町奉行所の多々良どのは六輔を殺そうとしているのだ。それだけは防がねばならぬ」

「はい」

襖《ふすま》が開いて、多恵が入ってきた。

「太助さん、来ていたのね。ちょうどよかったわ」

「へえ」

「明日は両国の川開きね。ここで皆で花火を見ましょう。太助さんもいいわね」

多恵が弾《はず》んだ声で言う。

「じつは明日の夜は……ちょっと」

太助は遠慮がちに口にした。

「ちょっと?」

多恵は眉根を寄せた。

「わしといっしょに行かねばならぬところがあるのだ」

剣一郎はすまなそうに言う。

「そうですか」

多恵は落胆した。

「多恵さま。申し訳ありません」

「太助さんが謝ることはありませんよ。気にしないでいいのよ。でも」

多恵は未練たらしく何か言いかけた。

「でも、なんですかえ」

太助は不安そうにきいた。

「いえ、いいの。別の日にしましょう」

多恵はため息混じりに言う。

なぜ、多恵はこれほど落胆したのか。

「ひょっとして」

剣一郎は思いついて、

「誰かを招いているのか」

と、きいた。

「ええ、まあ」

多恵は曖昧《あいまい》に言う。

「そうか。そういうわけだったか」

剣一郎は悟った。なるほど、多恵なら考えそうなことだと思った。

「なんですかえ」

太助が怪訝《けげん》そうな顔を向けた。

「多恵にきけ」

剣一郎は突き放すように言う。

「多恵さま、なんでしょうか」

太助は改まってきく。

多恵は困っている。

「明日はわしひとりでいいかもしれぬ。太助はここで花火見物をするがいい」

剣一郎は苦笑して言う。

「いけません。あっしもお手伝いいたします」

太助はむきになって言う。

「そうです。おまえさまもいてくれなければ意味はありません」

多恵も強く言う。

「太助がいればいいだろう」

「おまえさまにも見ていただきたいですから」

「あの」

太助が恐る恐る口をきいた。

「まさか、あっしが誰かと見合いを……」

やっと、太助も気づいたようだ。

「そんな大げさなことではありません。ただ、私がお気に入りの娘さんをお招きして、いっしょに花火見物をしようと思っただけ」

多恵は深くため息をつき、

「また、今度の機会にいたします」

と、逃げるように部屋を出ていった。

太助は複雑な顔をして剣一郎に目を向けた。

「深く考えることはない」

剣一郎はなぐさめたが、多恵の気持ちもわからなくはなかった。

「いえ、そこまであっしのことを思ってくださっているなんて……」

太助はぐすんと鼻をすすった。

襖のむこうで微《かす》かに音がした。剣一郎は多恵が聞き耳を立てていたことに気づいた。

三

翌日出仕した剣一郎は、玄関に向かわず、門の脇にある同心詰所に顔を出した。すでに同心たちは町廻りに出かけていたが、植村京之進が残っていた。

「青柳さま」

京之進が近寄ってきた。

「今夜の川開きの警邏《けいら》で、注意してもらいたいことがある」

剣一郎は切り出した。

「六輔が駒形町の『堺屋』に現われる」

剣一郎は、太助と六輔との出会いから言伝てを頼まれたことまでをいっきに話し、

「おそらく、川開きの賑わいに紛れて、六輔は『堺屋』の主人福太郎と会おうとしている。だが、『堺屋』の離れには東町奉行所の与力が潜んでいる。多々良どのたちは六輔を殺すのが目的のようだ。それだけは阻止したい。ただ、あからさまな妨害は出来ない。まず、六輔を先に見つけて捕まえたい」

「わかりました。駒形町を念入りに見廻ります」

「頼んだ。それから、六輔は本所石原町付近に潜伏しているようだ。六輔の思惑どおり、福太郎と会えたあと、石原町界隈《かいわい》に引き上げてきたら太助にあとをつけさせる」

「わかりました」

「『堺屋』を張っていることは東町奉行所の連中に気取られぬように」

「十分気をつけます」

「では、頼んだ」

剣一郎は同心詰所を出て玄関に向かった。

いったん与力部屋に行ってから、宇野清左衛門のところに出向いた。

「宇野さま」

文机に向かっている清左衛門に呼びかけた。

清左衛門はすぐふり向いた。

「今、よろしいでしょうか」

「構わぬ」

「失礼します」

剣一郎は近づいた。

「今夜、例の六輔が、駒形町の『堺屋』に現われます」

経緯を説明し、

「このことは東町奉行所の多々良どのには知らせず、こちらでひそかに六輔の身柄を取り押さえたいと思っています。それがうまくいかずとも、六輔が殺されるのはなんとしてでも阻止したいと思っています」

と、剣一郎は考えを述べた。

「いいだろう」

清左衛門は頷き、

「東町奉行所の好き勝手はさせぬ」

と、はっきり言った。

「では、そのように」

剣一郎は清左衛門の前から辞去した。


昼過ぎに、友永亀次郎が与力部屋にやってきた。

「青柳さま、お呼びで」

同心詰所に戻ったら顔を出すように頼んでおいたのだ。

「吾平の行方はどうか」

剣一郎はきいた。

「まだ、わかりません。ただ、両国橋の西詰で屋台を出している夜鳴きそば屋の亭主が、吾平らしい男に道をきかれていたことがわかりました。客かと思ったら、石原町はこっちでいいのかときいてきたそうです。ちょうど吾平がいなくなった夜で、四つ（午後十時）前だったといいます」

「石原町だと？」

「はい」

偶然か。六輔も石原町周辺に潜んでいる可能性が高い。

「人相や年格好からも吾平と見ていいようです。石原町が目的の場所かどうかわかりませんが、四つ近い時刻からして、さらに遠くに行くとは考えにくく、石原町周辺に潜伏しているものと思われます」

「なるほど」

「明日から私もその周辺を探ってみたいと思います」

「明日から？」

「はい。今日は川開きで、大勢の人出が予想されます。その見廻りに駆り出されていますので」

「そうか。岡っ引きの勘助はどうだ？　動けるか」

「動けますが」

「では、今夜は勘助に石原町周辺の探索をしてもらいたい。じつは」

と、剣一郎は六輔のことを話した。

「では、六輔は石原町周辺に隠れているかもしれないのですね」

「そうだ。東町奉行所の者に見つからなければその周辺に戻ってくる。捕まえなくてもいい。隠れ家を見つけ出せれば」

「わかりました。そうするように伝えておきます」

「わしの手の者の太助も六輔を追っていく」

「そのことも伝えておきます」

「頼んだ」

亀次郎が引き上げた。


夕方、大川《おおかわ》には屋形船や屋根船、その他の納涼船がたくさん出て、川を埋めつくしていた。両国広小路をはじめ、各所に屋台も出て、見物人も続々と現われてきた。

剣一郎は編笠《あみがさ》をかぶり、駒形町にやってきた。

太助の案内で、『堺屋』の近くまで行く。堺屋と屋号がある屋根看板が目に入った。

この界隈では比較的大きな店構えで、入口に日除けの暖簾《のれん》がかかっている。二階に広い窓がある。たくさんのひとの姿が見えた。

主人は親戚などを呼んで、そこから花火見物をするのだろう。この騒ぎに紛れて、主人の福太郎は六輔と会うのだ。

どこぞに、東町奉行所の手の者がいるはずだ。剣一郎と太助は『堺屋』の前を素通りする。店の中をさりげなく見る。きょうは早々と店じまいか。

大忙しなのは料理屋や酒屋だけで、通りには白玉売りや心太《ところてん》売りなどが目についた。

ふたりは駒形堂に行った。

境内から大川を見る。船の提灯《ちょうちん》の明かりが輝いている。屋形船には大名や大《たい》身《しん》の旗本、あるいは富裕な町人たちが芸者衆を乗せて賑やかだ。

「ここに六輔はいたのだな」

剣一郎はきいた。

「そうです。ここから『堺屋』の様子を見に行っていました。でも、なかなか近付けなかったようです」

「待ち伏せしている追手がいるとわかっていながら、どうして『堺屋』に行かねばならないのか」

またも、その疑問にぶち当たった。

それに、多々良錦吾はなぜ六輔が『堺屋』にやってくると確信しているのか。辺りが暗くなってきた。駒形堂の前の川岸にも見物人がたくさん集まっていた。この辺りでもこんなに人出があるのだから、両国橋界隈は押し合いへし合いだろう。

やがて、夜空に大輪の花が咲き、辺りが一瞬明るくなった。大きな音が遅れて聞こえた。「玉屋!」「鍵屋!」の掛け声が飛ぶ。

太助は境内に入ってきたひとたちの顔を窺《うかが》っている。六輔はまだ来ていないようだ。花火は続けて打ち上げられた。

花火が打ち上げられるたびに辺りが明るくなる。剣一郎の目は境内を行き来する者に向けられていた。

「あっ」

太助が叫んだ。

「あの男です」

太助が指差すほうを見る。駒形堂を出て行くところだった。

「太助。本所に行け。六輔を待ち伏せして、あとをつけるのだ」

「わかりました」

吾妻橋に向かう太助と分かれ、剣一郎は『堺屋』に向かった。

『堺屋』の二階から賑やかな声が聞こえる。宴席は盛り上がっているようだ。剣一郎は路地に入り、裏にまわった。

裏口を探す。ちょうど真裏に戸があった。中から声は聞こえてくるが、裏のほうは静かだ。

剣一郎は戸を押してみた。主人の福太郎は約束どおりに閂をはずしていた。

六輔は中に入ったようだ。剣一郎はその場に留まった。多々良錦吾の手前、『堺屋』の中にまで入るわけにはいかなかった。

六輔が出てくるのを待った。すると、悲鳴が聞こえた。

剣一郎は戸を開け、中に飛び込んだ。勝手口から女中らしき女が飛び出してきた。

「南町の青柳剣一郎である。どうした？」

「離れにいたお侍さんが男のひとに摑みかかって」

女は興奮して言う。

「どこだ？」

「お店のほうに」

剣一郎は女中に案内させて店に向かった。

主人の福太郎らしき男が茫然と立っていた。

「六輔はどうした？」

剣一郎は叫ぶようにきく。

「店表《たなおもて》から逃げていきました」

「離れの侍は追っていったのか。事情はあとできく」

剣一郎は表に飛び出した。左右を見て、とっさに吾妻橋に足を向けた。

吾妻橋を渡りはじめたとき、ひとが騒いでいた。

「どうした？」

職人体の男に声をかけた。

「争っていた男が落ちたようです」

「なに、落ちた？」

六輔か、と剣一郎は驚いて欄干《らんかん》から川を覗いた。

橋の下を納涼船が通った。直後、その船頭が騒ぎ出した。

「ひとが浮かんでいる」

「青柳さま」

京之進が駆け付けてきた。

「誰かが落ちた。すぐ手配してくれ」

剣一郎は命じる。

「はっ」

京之進はすぐに動いた。

暗い川面《かわも》に何かが浮かんでいるのがわかった。

やがて、京之進は町役人たちを集め、納涼船の船頭の手を借りて川岸に上げようとした。

剣一郎は橋の下におりて待った。やがて、身体が陸《おか》に引き上げられた。

剣一郎は駆け寄った。

「これは……」

侍だった。匕首で、胸と腹を刺されていた。

「六輔ではない……」

剣一郎は戸惑《とまど》った。

「東町奉行所の追手でしょうか」

京之進も訝《いぶか》った。

背後に駆け寄ってくる者があった。

多々良錦吾だった。

「来嶋《くるしま》……」

錦吾は亡骸の前で跪《ひざまず》いた。

「多々良どの。この侍は東町奉行所の？」

剣一郎は声をかけた。

「そうです。朋輩《ほうばい》の来嶋征太郎《せいたろう》です。『堺屋』の離れで、六輔を待ち構えていた」

錦吾は無念そうに言い、亡骸に手を合わせた。

「何があったのですか」

剣一郎は問いかける。

「今夜、六輔が『堺屋』に現われるかもしれないと来嶋から知らせが入り、我らも『堺屋』に入り込んだ。案の定、五つ（午後八時）前に裏口から六輔が入ってきた。来嶋の合図で、我らも飛び出しました」

錦吾は息継ぎをして続ける。

「しかし、六輔は素早く母屋《おもや》のほうに向かって走り、表の戸口から逃げだしたののです。来嶋が追い、我らも続きました。すると、吾妻橋で来嶋が六輔を捕らえようとしたとき、六輔が匕首で来嶋を突き刺し、足を持って欄干から抱え落としたのです」

錦吾はため息をつき、

「私は来嶋のことが気になりながらも六輔を追いかけました。しかし、橋を渡ったあと、どっちに行ったのか、そのまま暗闇に消えてしまいました」

「そうですか」

「六輔は凶暴な男だから十分に気をつけるようにと言っていたのですが」

錦吾は亡骸を見て言う。

いつの間にか、花火の音は聞こえなくなっていた。

「亡骸は奉行所に運ばず、このまま今戸の寺に安置します」

京之進が口をはさんだ。

「お願いいたす」

錦吾は沈んだ声で言う。

あとを京之進に任せ、剣一郎は『堺屋』に戻った。

騒ぎなど気づかなかったようで、二階の宴席はまだ賑やかだった。

主人の福太郎と向かい合った。

「六輔とはどういう関係なのだ?」

剣一郎はきいた。

「私はただ本店から、六輔という男がきたら五十両を渡すようにと指図されていただけでして」

「どうして、六輔に五十両を?」

「わかりません」

「わからない?」

剣一郎はきき返す。

「はい。理由は聞いていません。ただ、主人の淀五郎《よどごろう》が五十両を渡すようにと」

福太郎は答える。

「現われた男が、ほんとうに六輔かどうかどうやって確かめるつもりだったのだ?」

「五十両と引き換えにあるものを受け取ることに」

福太郎は小さな声で答えた。

「あるものとは？」

「わかりません。ただ、本店からの指示ではあるものとだけ」

「離れに大坂東町奉行所の与力が滞在していたな」

剣一郎はきく。

「はい。来嶋さまと仰《おつしや》るお侍さんが」

「どういうわけで、離れに？」

「それは……」

福太郎が顔色を変えた。

振り向くと、多々良錦吾が立っていた。

「青柳さま。そのわけは私から」

錦吾は言う。

「寺に同行したのではないのですか」

剣一郎はきく。

「ええ。死んだ男にかまっていられませんので」

冷たい言い方に思えた。

「ご亭主は本店から命じられたまま動いていただけですので、詳しいことは何も知りません。それに、いい加減なことを話したら本店に迷惑がかかりますから」

錦吾は本店に迷惑という声を強めた。福太郎に対する脅《おど》しのようにも思えた。

福太郎は小さくなっている。

「では、多々良どのにお話し願いましょう」

剣一郎は錦吾を促《うなが》す。

「六輔は大坂堂島にある『堺屋』の本店で働いていた男です。『堺屋』の主人淀五郎の妾《めかけ》お紺と東町奉行所与力の佐川善次郎が不義密通をしていると思い込み、佐川善次郎を殺したのです。六輔は殺しをしたあと、江戸に出奔《しゅっぽん》しました」

錦吾は間をとり、

「しかし、『堺屋』の主人が六輔を逃がした形跡があるのです。それで、主人が六輔に殺しを依頼したのではないかという疑いが浮上したのです」

「なるほど。しかし、六輔が江戸の『堺屋』の出店に現われると考えたわけは？」

「謝礼です。『堺屋』の主人は六輔を江戸に逃がすために手付けの金だけを与え、残りの金は江戸の『堺屋』の出店から受け取るようにという約定《やくじょう》の文《ふみ》を渡して江戸に逃がしたのです」

「『堺屋』の主人がそう白状したのですか」

「いえ、六輔が馴染《なじ》みになっていた新町《しんまち》の遊女から聞きました。江戸で金が手に入ると言っていたと」

「今の話、そなたは知っていたか」

剣一郎は福太郎にきいた。

「知りません。私はただ旦那からの手紙で、六輔という男にあるものと引き換えに五十両を渡すようにと」

福太郎は怯《おび》えたように答える。

「六輔に金を渡したのか」

「いえ、その前に、来嶋さまが飛び出してきて」

「青柳さま。そういうわけです」

錦吾は言い、

「六輔は見かけと違い、匕首を持たせたら手のつけられないほどの凶暴さを発揮します。だから、捕縛が難しければ斬ることもやむなしと」

「しかし、殺してしまったら、真相を摑《つか》めなくなるのではないですか」

「六輔が持っている文を手に入れれば、なんとかなりましょう」

錦吾は言い切る。

「しかし、これ以上、犠牲者を出したくない。ひとりを失った今、あなた方が六輔を捕まえるのは難しいでしょう。我々に任せていただきたい」

剣一郎は申し入れる。

「六輔は口も達者です。もし、こちらの奉行所で捕まえたとしても、もっともらしい言い訳を繰り返すでしょう。そればかりか、あることないことを言い募《つの》るかもしれません。事情を知らなければ、六輔の話を信じてしまうと思います」

錦吾は鋭い目を向け、

「六輔の話にだまされないこと、所持している文は我らに無条件に渡してもらうこと。このふたつをお約束いただければ、お任せいたしましょう」

と、強い口調で言った。

「六輔の話を端から嘘《うそ》と決めつけてはかかれません。南町の者とて無能ではありません。嘘かそうでないかは話を聞いてからです」

「…………」

「それより、今や六輔は江戸において殺しをした下手人《げしゆにん》です。当然、南町は殺しの探索をしなければなりません。来嶋どのを殺した疑いで南町が六輔を捕縛します」

剣一郎は宣告する。

「しかし、殺されたのは東町奉行所の者です。我らが敵討《かたき》ちを……」

「お待ちください。江戸に逃げてきた罪人を捕まえるのではない、江戸で殺しをした男を捕まえるのです。当然、江戸の町奉行所がやらねばならないこと。それに、敵討ちなど論外です」

剣一郎は言い切った。

「長谷川さまが何と仰るか」

錦吾は口元を歪《ゆが》めた。

「南町の実質的な筆頭は年番方与力の宇野清左衛門どのです。長谷川さまにいくら訴えても無駄かと思います」

剣一郎は突き放すように言う。

「わかりました。長谷川さまに相談してみます」

憤然とした様子で、錦吾は引き上げた。

剣一郎は改めて福太郎に顔を向け、

「六輔は半月ほど前には江戸に来ていたようだ。すぐにここに来なかったのか」

「いえ、来ました」

「来たのか。で、そのときは五十両を渡さなかったのか」

「お金を用意するまで待ってもらったのですが、用心していたようで、また出直すと言い、引き上げてしまいました。その後、この近くまで来ていたようですが、警戒していました。それで川開きの夜にという言伝てが……」

福太郎は怯えたように、

「また五十両をとりにきたら渡すべきでしょうか」

と、きいた。

「おそらくここにはもう来ないだろう。また伝言で、そなたにどこかへ持ってこさせるに違いない。そのとき、奉行所に知らせてもらいたい」

「でも、六輔が持っている旦那の約定書があれば、旦那の悪事が……」

「そうなる。その約定書を手に入れようとして東町奉行所の与力たちは大坂から六輔を追ってきたのだからな」

「…………」

「しかし、それもさっきの与力どのから聞いた話だけだ。ほんとうに殺しの依頼に関する約定書なのか」

「本店の旦那はそれと引き換えに六輔に五十両を渡せと言ってきたのです。いずれにせよ、旦那は六輔に弱みを握られているようですね」

福太郎は渋い顔をした。

「うむ。東町奉行所が本店の旦那を疑っていることは間違いない」

「………」

「よいか。へたに旦那をかばおうとしたら、そなたも罪を犯すことになる。六輔を捕まえることに手を貸すのだ」

「はい」

福太郎は俯《うつむ》いて小さな声を出した。

剣一郎は『堺屋』を出た。

花火はとうに終わったが、外には涼《りょう》を求めるひとびとがまだたくさん出ていた。

翌朝、髪結《かみゆ》いが引き上げたあと、剣一郎は庭で待っていた太助を呼んだ。

太助は濡縁《ぬれえん》までやってきて、

「青柳さま。六輔の住まいを見つけました」

「そうか、よくやった」

「吾妻橋の東詰で待っていたら、六輔が駆けてきました。それであとをつけました。石原町に『守田屋《もりたや》』という荒物屋があるんですが、そこに入って行きました。しばらくして二階の窓が開いたので、その部屋に住んでいるようです」

太助は報告したあと、

「六輔は金を手に入れたのですか」

と、きいた。

「いや。『堺屋』の離れで待ち構えていた来嶋征太郎という与力に追われて逃げたのだ」

「追われていたんですか。どうりで、急いでいるようでした」

「吾妻橋で追いつかれ、六輔は来嶋どのを殺した」

「殺した?」

「そうだ。来嶋どのは匕首で刺され、橋から川に落とされた」

「そうですか」

太助は首を傾げた。

「どうした?」

「いえ、橋を渡ってきたときの様子は、ひとを殺したようには思えなかったので」

「多々良どのが言うには、見かけと違い残虐な男ということであったが」

「駒形堂で会ったときも、そんなふうには見えませんでしたが」

太助は不思議そうな顔をした。

「ともかく、案内してくれ」

剣一郎は着流しに編笠をかぶって太助とともに屋敷を出た。


半刻（一時間）ほどして、石原町の『守田屋』の店先が見えるところにやってきた。斜《はす》向かいにある下駄屋の脇から様子を窺う。

すでに店は開いていて、痩《や》せた年寄りが店の前を掃除していた。『守田屋』の主人かもしれない。

剣一郎は二階の窓に目をやった。窓は開いている。人影がちらっと見えた。

「太助、六輔に会ってこい。そして、わしが会いたがっていると伝えるのだ」

剣一郎は太助に命じた。

「わかりました」

太助が店先に向かう。

箒《ほうき》を使う手を休め、年寄りが振り向いた。剣一郎はおやっと思った。年寄りが振り向いたのは偶然か。それとも、背後にひとが来る気配を察したのか。

太助は年寄りに話しかけている。そして、年寄りと共に太助は店に入って行った。

やがて、二階の窓に太助の姿が見えた。

そこから四半刻（三十分）ぐらい経った。太助が窓から顔を出し、こっちに向かって、会釈を送った。

剣一郎は窓の下に近づいた。

「会うそうです」

窓から顔を出したまま太助が言う。

「わかった」

剣一郎は編笠をとって店先に立ち、年寄りに声をかけた。

「すまぬが、六輔に話がある。二階に上がっていいか」

「青柳さまで。じゃあ、さっきのひとは？」

「わしの手の者だ」

「そうでしたか。どうぞ」

年寄りは店の奥の階段を示した。

腰から刀をはずし、剣一郎は階段を上がった。

「入る」

剣一郎は声をかけて部屋に入った。

細面に切れ長の目、尖《とが》った顎《あご》に大きな黒子《ほくろ》がある若い男が畏《かしこ》まっていた。

太助の横に座り、男と向かい合った。

「六輔か。南町与力の青柳剣一郎である」

「へい」

六輔は頭を下げた。

「そなたのことは大坂東町奉行所与力の多々良錦吾どのから聞いている。しかし、一方的な話では真相はわからぬ。そなたからも話を聞きたい」

「…………」

六輔は俯いた。

「どうした？」

「ご勘弁ください」

「話せぬと言うのか」

「あるお方に迷惑がかかってしまいます」

「あるお方とは？」

「それは……」

六輔は首を横に振った。

「『堺屋』の主人か」

「……」

六輔は口を閉ざした。

「では、そなたのことだけを聞こう」

剣一郎は六輔の苦しそうな顔を見つめ、

「そなたは与力の佐川どのを殺して大坂を出奔したということだが、間違いないか」

「……」

六輔は返事を渋っている。

剣一郎は六輔が口を開くのを待った。

やっと、六輔は顔を上げた。

「そのとおりです」

「返答まで間があったが、何を迷ったのだ？」

剣一郎は鋭くきいた。

「いえ、そういうわけでは」

「江戸に逃げてきたのにはわけがあるのか」

「旦那が江戸に逃げろと」

「旦那が逃がしてくれたと言うのか」

「はい」

「なぜだ？」

「佐川善次郎を殺したことで、あっしに同情してくれていたんです」

「なぜ、佐川どのを殺したのだ？」

「陰で旦那の妾といい仲になっていたことが許せなかったんです」

六輔は拳《こぶし》を握りしめて言う。

「旦那に頼まれたわけではなく、自分の考えからか」

「そうです」

声に力がない。

「旦那から預かった文を見せてくれぬか」

「はい」

六輔は壁際に置いてあった振り分け荷物から、桐油紙《とうゆがみ》に包まれた文を取り出した。

剣一郎はそれを受け取った。

「この文を持参の六輔に金五十両を渡すよう……」

剣一郎は声に出して読んで、

「これだけか」

と、六輔を見た。

「そうです」

「他に何かないか」

「いえ、ありません。『堺屋』の旦那は、これを渡せば出店の福太郎は金を渡すと言いました」

「青柳さま、何か」

太助がきいた。

「多々良という大坂東町の与力はこの文さえあれば、『堺屋』の旦那の罪を問えると言っていた。だが、これだけでは無理だ。いくらでも言い逃れ出来る」

「そうですね」

太助も頷く。

「昨夜、そなたは鍵のかかっていない裏口から『堺屋』に入り、福太郎と会ったのだな」

「そうです」

「福太郎は金を出そうとしたか」

「用意して待っていました。でも、寸前で、お侍に気づかれたので、金も受け取れずあわてて逃げだしたんです」

六輔はため息をついた。

「で、吾妻橋に差しかかったときに追いつかれたのか」

「いえ、橋の真ん中辺りで振り返ったのですが、もう追ってきませんでした」

「六輔」

剣一郎は鋭く言う。

「追いつかれて揉《も》み合いになり、匕首で相手を刺したのではないか」

「いえ、追いつかれていません」

「そなたを追った与力の来嶋どのは死んだ」

「えっ？」

「来嶋どのは腹と胸を刺され、橋から川に落とされて絶命した」

「まさか、あっしがやったと？」

「多々良どのはそう見ている」

「ちがいます。そんなことしていません。第一、あっしは匕首なんて持っていません」

六輔はむきになって言う。

「そなたは凶暴な男だと聞いているが」

「ばかな」

六輔は吐き捨て、

「あっしが人殺しなんて……」

「人殺しなんて、なんだ？」

剣一郎は迫った。

「そなたは、佐川善次郎という与力を殺している」

はっとしたように、六輔は息を呑んだ。

「与力を殺したほどの腕前だ。来嶋どのを殺したとしても少しも不思議ではない」

「あっしはやっていません」

六輔はむきになった。

「来嶋どのは『堺屋』の離れに潜み、そなたを捕まえようとしていた」

「はい」

「いや、多々良どののたちはそなたを捕縛することより始末することのほうに狙いがあったように思える」

「えっ？」

六輔は怪訝な顔をした。

「多々良どのの要望から察するに、東町奉行所はそなたを始末するゆえ、我らにその旨の了承をとるものだった」

「そんなはずありません」

「なぜだ？」

剣一郎は問い返す。

「来嶋さまはあっしを殺そうとはしていません。殺すつもりなら、『堺屋』でも斬りつけてきたはずです。あくまでもあっしを捕まえようとしていました」

六輔は剣一郎にまっすぐ目を向けて訴える。

「妙だな」

剣一郎は眉根を寄せ、

「多々良どのの話とだいぶ違う」

多々良錦吾に対して疑念を膨《ふく》らませた。

「ここは多々良どのに見つかっていないな」

剣一郎は自身に呟くように言い、

「ここはどうやって見つけたのだ？」

「江戸に出て、旅籠《はたご》に泊まり、本所辺りにねぐらを探していたら、ここに貸間ありの張り紙があったので」

六輔は一瞬目を逸《そ》らした。

何か隠していると思った。だが、追及しても喋るまい。

「多々良どのはそなたが吾妻橋を渡って逃げたのを見ている。おそらく、本所、向島辺りを探るに違いない。しばらくここから外に出るな」

剣一郎は忠告した。

「わかりました」

「ここの亭主にも頼んでおこう」

剣一郎は立ち上がり、部屋を出た。

ふと、隣の部屋で物音がした。

不審に思いながら階下に行った。

店番をしている年寄りに声をかけた。

「二階にいる六輔はある事情から大坂東町奉行所の与力から追われている。六輔をしばらくこのまま匿《かくま》ってもらいたい。我らからも逃げられたら困る」

「よございます。見張っています」

年寄りにしては鋭い眼光を見せた。

「そなたの名は？」

「又吉《またきち》です」

「又吉か。いつからこの商売を？」

「八年になります」

「その前は何を？」

「はい。いろいろと」

「家族は?」

「おりません。若いころ、好《す》いた女といっしょに暮らしたことはありましたが、私に愛想を尽かして去っていきました」

又吉は自嘲ぎみに口元を歪めた。

「そうか。若いころはさぞかし鳴らしたであろうな」

又吉からある匂いを感じる。裏の世界の匂いだ。今は引退しているが、かつてはその名を轟《とどろ》かせた男ではないか。

「へえ、いえ」

又吉は困惑ぎみに答えた。

「ところで、この家に住んでいるのはふたりだけか」

「そうです」

答えまで一瞬の間があった。

「二階の奥の部屋で物音がしたが」

「猫でしょう。ときたま、よその猫が遊びにきますから」

又吉は呟くように言う。

太助が首を横に振った。

猫ではないと目顔で言う。

「わかった。では、頼んだ」

剣一郎と太助は『守田屋』をあとにした。

「あの又吉という男、ただ者ではない。隣の部屋にいた者も気になるが」

「調べましょうか」

「そうだな。その前に、ちょっと気になることがある。六輔が『守田屋』の二階に間借りしたわけだ。貸間ありの張り紙を見たというが」

「そういえば、あのときの六輔の声の調子は変でした」

「六輔は何か隠している」

剣一郎はそう言い、斜向かいの下駄屋に入った。

店番をしている四角い顔の男に、

「ちょっと訊《たず》ねたい」

と、編笠をとって声をかけた。

「青柳さまで」

男は目を丸くして口にした。

「亭主か」

「はい」

「そこの『守田屋』だが、貸間ありの張り紙をしていたかどうかわからないか」

「いいえ、そんな張り紙、見たことはありません」

亭主は否定した。

「確かか」

「ええ」

「最近、間借りしている男がいるが知っているか」

「ええ、見知らぬ男を何度か見かけました。でも、どういうひとかわかりません」

「そうか」

「以前から、『守田屋』さんにはときたま間借りするひとがいました。でも、長くはいませんよ。今のひともそうなんじゃないですか」

「たまにいるのか」

「はい」

又吉を頼って身を寄せるのかもしれない。

「邪魔をした」

剣一郎は外に出た。

「貸間ありの張り紙は嘘だったんですね。じゃあ、以前から知り合いだったか、誰かから紹介されたか」

太助が言うのを聞いて、剣一郎はふと不安が兆《きざ》した。

近所の者でも、見知らぬ男が居候《いそうろう》していることを知っているのだ。多々良錦吾たちが聞き込みを続けていれば……。

ふと、前方から友永亀次郎と勘助がやってくるのに気づいた。

亀次郎と勘助は付け火の疑いで、『加賀屋』の下男吾平の行方を追っている。

四

亀次郎も剣一郎に気づいたようだ。

「青柳さま」

亀次郎が駆け寄ってきて、

「まだ、吾平は見つかりません」

と、無念そうに言う。

「吾平らしき男は石原町を目指していたのだな？」

二階にいたもうひとりの人物のことが脳裏《のうり》を掠《かす》めて、剣一郎は口にした。

「そうです。夜鳴きそば屋の亭主が道をきかれていたのです」

亀次郎は答える。

「石原町のどこかの家に匿われているということは？」

「町役人の手を借りて調べましたが、吾平と関わりがありそうな者は住んでいません。縁もゆかりもない者が、付け火の疑いがかかっている男を匿うとは思えないのですが」

亀次郎は自信なさげに言う。

「いや。堅気《かたぎ》の者ならそうだが、かつて裏の世界で鳴らした男なら」

「青柳さま、何か心当たりが？」

亀次郎は縋《すが》るようにきいた。

「この先に、『守田屋』という荒物屋がある。そこの二階に、東町奉行所が追っている六輔が潜んでいた」

「六輔が？　では、多々良さまには？」

「知らせぬ。こっちで調べたいことがあるのでな」

「そうですか」

「じつは『守田屋』の二階にもうひとりいるようだ。『守田屋』の亭主はとぼけていたが、誰かいるのは間違いない。吾平かどうかはわからぬが」

「そうですか。これから行って確かめます」

亀次郎がそう言ったあとで、あっという声を上げた。

「青柳さま。来ました」

剣一郎は振り返った。

多々良錦吾がふたりの侍を連れてやってきた。

「これは青柳さまではありませんか」

錦吾が厳しい顔で声をかけてきた。

「多々良どの、どうしてここに？」

剣一郎はとぼけてきく。

「六輔の探索です」

「この辺りにいると思われるのですか」

「青柳さまも、そう思っているからここにいるのでしょう」

錦吾は口元を歪めて言う。

「我らは芝で付け火をした吾平という男を捜している」

「吾平？」

「そうです。両国橋東詰に出ている夜鳴きそば屋の亭主が、吾平らしい男に石原町への道をきかれたのです」

亀次郎が口を出した。

「で、見つかったのですか」

錦吾がきく。

「まだ、はっきりとはわからない」

「しかし、青柳さままでお出ましというのは目処《めど》がついているからではないのですか」

錦吾はにやついて、

「じつは最前、青柳さまがそこの下駄屋から出てきたのを偶然見ていたんです」

「………」

剣一郎は錦吾のしたり顔を冷やかに見る。

幸い、『守田屋』から出てきたところは見られていないようだった。

剣一郎は太助に目配せをした。

すっと太助が後方に走り出した。

錦吾はそれに気づかず、得意気に続けた。

「下駄屋の亭主にきいたら、『守田屋』の二階に間借りをしている男についてきいていたらしいですな」

「そうだ。しかし、まだ吾平かどうか、確認がとれていない」

剣一郎は吾平に話を持っていき、まだ疑いの段階だと説明する。

「どう確認をとるのですか」

「間借りの男が顔を出すまで待つ」

「そんなまどろっこしいことをせず、強引におしかければいいんじゃありませんか」

錦吾は自信満々に言う。

「しかし」

剣一郎は時間を稼ごうとした。

「もし、この間にも逃げられたらどうするのですか。我らも同行しますよ」

「そうですな」

剣一郎はわざとらしく亀次郎に顔を向け、

「さて、どうするか」

と、相談する。

「もし違っていたら……」

亀次郎も剣一郎の真意を汲《く》み取ったように優柔不断な態度を示した。

「我らは独自に動きます」

痺《しび》れを切らし、錦吾が口にした。

「お待ちを」

剣一郎は声をかける。

「わかりました。我らも行きましょう」

剣一郎はおもむろに言い、

「その前に、そちらのおふたりをお引き合わせいただけませんか。お互い、知っておかないと間違いを起こしかねません」

「東町奉行所の同心、坂下弥二郎《さかしたやじろう》と仁科富十郎《にしなとみじゅうろう》です」

痩身《そうしん》が坂下弥二郎、大柄なほうが仁科富十郎と、それぞれ名乗った。

「では、行く」

錦吾たちはさっさと『守田屋』に向かった。

「青柳さま」

亀次郎が小声で、

「六輔が見つかってしまいます」

「心配ない。太助が間に合ったはずだ。ただ、吾平まで姿を消してしまうかもしれない」

「すぐ手配をします。まだ、そんな遠くにはいけないはずですから」

『守田屋』の前に立つ。

錦吾が店に入っていこうとするのを、

「お待ちください」

と、剣一郎は制した。

錦吾は敷居の前で立ち止まった。

「まずは我らが」

剣一郎は言い、亀次郎を促した。

亀次郎が店に入り、店番をしていた亭主の又吉に声をかけた。

「南町だ。ちょっときききたい。ここに間借りをしている男がいるな」

「いったい何の騒ぎでございましょうか」

又吉はのんびりした声できく。

「ちょっとききたいことがあるだけだ」

「そうですか。では、呼んでまいりましょう」

又吉が立ち上がった。

「こっちから行く」

錦吾は板敷きの間に上がり、又吉を突き飛ばすようにして強引に奥に行った。

階段を駆け上がる音が聞こえた。しばらくして、錦吾が憤然と下りてきた。

「どうでしたか」

六輔かどうかをきいた。

「違った」

「どんな男でしたか」

「鈍重そうな男です」

そう言い、錦吾たちは外に出て行った。

剣一郎は又吉に声をかけた。

「六輔はどこに?」

「裏に隠れています」

「そうか。二階の男に会いたい。下りて来るように言ってくれぬか」

「ただいま」

又吉は階段を上がって行った。

すぐに階段を下りる足音が聞こえた。

「吾平か」

剣一郎は問いかける。

「へい。さようで」

吾平は素直に頷いた。

「吾平。おまえに付け火の疑いがかかっている」

亀次郎が吾平の前に出た。

「あっしじゃありません」

吾平が否定した。

「なら、なぜ逃げた？」

「………」

吾平は返答に詰まっている。

剣一郎は訊ねた。

「吾平、そなた、ここを誰からきいたのだ？」

「逃げる途中で出会った男からです」

「どんな男だ？」

「………………」

答える気はないようだ。

剣一郎はこれ以上きいても無駄だと思った。

「来てもらおう」

亀次郎が強く言う。

「へい」

吾平は素直に頷いた。

後ろ手に縄をかけられて、吾平は連行された。

剣一郎は又吉に向かい、

「吾平にここを教えた男とは誰だ？」

と、きいた。

「以前に、ここに泊めてやった男だと思いますが、誰かはわかりません」

「何人も泊めてやっているのか」

「江戸に出てきたばかりの男を何人か」

「なぜ、そういうことを？」

「たまたま困っていた者がいたということです」

又吉は平然と答える。

「しかし、江戸に出てきたばかりの者がここまでやってくるか。街道からはずいぶん離れている。しいていえば千住宿が近いが、吾妻橋を渡らねばならない」

「…………」

「六輔は大坂東町奉行所の与力を殺して江戸に逃げてきた男だ。吾平は芝の火事の原因となった付け火を疑われている」

剣一郎は鋭く言う。

「私は事情をききませんから、当人がなにをしたかは知りません」

「つまり、ここに来るのはわけありの男というわけだ」

剣一郎は迫る。

「そうかもしれません」

「六輔はここにきた理由を貸間ありの張り紙を見たと言っていたが、それは嘘だな」

「……ええ」

「吾平と六輔にここを教えた者は同一人物ということは考えられるな」

剣一郎は問い詰めるようにきく。

「さあ、どうでしょうか」

又吉はとぼける。

「吾平も六輔もその者のことを隠している。なぜ、隠す必要があるのだ」

「私にはなんとも」

「まあ、いい」

剣一郎はため息をついて、

「ところで、六輔はどこに?」

「裏手に空き家があります。そこに隠れています」

「逃がさなかったのか」

「逃げたら、いっそう罪が重くなってしまいます。ですから、逃げずに青柳さまにすべてお任せするように言いました」

「さっきは事情をきかないと言っていたが?」

「こっちからは訊ねないという意味です」

「では、六輔から話を聞いているのか」

「はい」

　素直に頷いた。

「ただ、どうも肝心《かんじん》なことは偽っているような気がします」

「大坂東町奉行所与力佐川善次郎どの殺しか」

「はい。誰かをかばっているような気がします」

「うむ」

「吾妻橋での殺しについてははっきり否定しています。青柳さま。どうか、六輔さんのために」

　又吉は訴えた。

「それから、吾平さんもやっていません」

「なぜ、そう言える?」

「私とて伊達《だて》に年を重ねてきたわけじゃありませんので」

「昔とった杵柄《きねづか》か。いろいろな修羅場を乗り越えてきたという意味だな」

「…………」

　又吉は口を半開きにしていた。

「さぞかし、その世界では名を売っていたのではないか。いや、今は堅気に暮らしている者に昔がどうだったかを詮索《せんさく》するつもりはない。ただ、六輔や吾平にそなたを紹介したのは、昔のそなたを知っている男ではなかったかと思ってな」

「恐れ入ります」

「いや、回り道をした。吾平に疑いが向いたのは突然姿を晦ましたからだ。そのことについて、吾平は何か言っていたか」

「言っていました」

「それは何か」

「忘れました」

「忘れた？」

「そのときは確かな理由だと思いましたが、今はどういうことだったか忘れてしまいました」

「そうか。いずれにしろ、姿を晦ましたわけを、吾平は話したのだな？」

剣一郎は確かめる。

「へえ、話しました」

「その話を聞いて納得したのだな」

念を押してきいた。

「………………」

「吾平の場合も、向こうから話しだしたのか」

「そうです」

「何がきっかけだ？」

「………………」

「そなたからは何もきかない。それなのに、吾平は喋《しゃべ》りだした。何かきっかけがあったのではないか」

「いえ、特には」

又吉は首を横に振った。

「なにもないのに、突然、話しはじめたというのか」

「何かきっかけらしいものがあったかもしれませんが、私にはわかりません」

「そうか」

裏口から物音がした。

太助が顔をだした。

「もう引き上げましたか」

「もうだいじょうぶだ」

「わかりました」

太助が奥に向かって声をかける。

六輔が現われた。

「青柳さま。助かりました」

「もう、ここには多々良錦吾どのは現われまい。一転して、ここは安全な場所になった」

剣一郎は言い、

「そなたにもう一度確かめるが、ほんとうに来嶋どのを殺していないのだな」

「あっしにそんな腕はありません」

「しかし、そなたは与力の佐川どのを殺している。多々良どのはそなたはかなりの腕だと言っていた」

「違います」

「そなたの言い分を信じるなら……」

剣一郎はふとあることに気づいた。

「多々良どのはそなたを殺すことに狙いがあるのではないかと思っていたが、ほんとうの狙いは来嶋征太郎どのを亡きものにすることだったのかもしれない。そして、そなたを始末すれば、来嶋どの殺しもそなたのせいに出来る」

「そんな」

六輔は衝撃を受けたように口をわななかせた。

「多々良どのと来嶋どのの間で何かあったのだ。このことについては、多々良どのに問うてみるつもりだ。その上で、改めてそなたから話を聞きたい」

剣一郎は又吉に顔を向け、

「六輔を頼んだ」

と言うと、『守田屋』を出た。

隅田川の土手に上がると、強い陽差しが直撃した。

「太助、暑いだろう。わしは編笠をかぶっているからいいが」

「でも、こうしますので」

太助は手拭いを取り出して頭を覆《おお》った。

「少しは違います」

太助は言ってから、

「あの又吉というひと、何者なのでしょうか」

と、きいた。

「昔は子分を従えて、お頭と言われたような男かもしれぬ」

「そうですか」

太助は応じたあとで、思いだしたように、

「空き家に潜んでいたときに聞いたんですけど、六輔さんには大坂に母親と妹がいるそうです」

「母親と妹？」

「ええ、どうやらそのふたりのために金が入り用だったみたいです」

「六輔がそう言ったのか」

「はい」

「すると、やはり、『堺屋』の本店の旦那から金で頼まれたのだろうか」

旦那の目を盗んで妾といい仲になっていたことが許せず、佐川善次郎を殺したと言っていた。その時点では、金目当てではない。

その後、旦那は佐川善次郎を殺した六輔に同情し、江戸に逃がして、五十両を出店から受け取れるようにしてくれたということだった。

やはり、何か裏があると、剣一郎は睨んだ。

第三章　自白

一

翌朝出仕した剣一郎は宇野清左衛門に呼ばれ、年番方与力の部屋に行った。

「長谷川どのがお呼びだ」

清左衛門が面倒くさそうに言って立ち上がった。

「用件はわかっております」

剣一郎は苦笑し、

「東町奉行所の多々良どのから何か言われたのでしょう」

「どうも、あの御仁は奉行所より、お奉行の知り合いのほうを大事にする。いつもながら困ったものだ」

清左衛門はこぼした。

内与力の用部屋の隣室で待つほどのこともなく、長谷川四郎兵衛が入ってきた。

ふたりの前に憤然として座り、

「青柳どの、いったいどうなっているのだ？」

と、四郎兵衛はいきなり切り出した。

「何がでございましょうか」

剣一郎は澄ましてきいた。

「多々良どのから苦情が入った。六輔をかばっているように思えるとな。お奉行の顔をつぶす気か」

四郎兵衛は怒りにまかせて言う。

「はて、異なことを」

剣一郎は驚いたような顔をし、

「我らはお奉行の顔を立てるために、日夜犯罪に立ち向かっているわけではありません。南町には南町のやり方があります。江戸で探索をするなら南町の流儀にしたがってもらうのは当然のこと」

「しかし、最初から六輔の探索には南町は直接関わらないという約束だったはずではないか」

「確かに、六輔を追っている限りにおいては、そういうことも甘受《かんじゅ》したかもしれません。しかし、先日、与力の来嶋征太郎どのが殺されました。疑いは六輔にかかっており、江戸で起きた殺しは江戸の奉行所で探索するのが当然です」

　剣一郎ははっきり言う。

「しかし、殺されたのは多々良どのたちのお仲間だ」

「仲間だろうが、関係はありません。いや、かえって仲間だという思い入れの強さや思い込みから誤った探索に陥《おちい》る危険があります。そういう意味でも、来嶋どの殺しの調べは我らが担《にな》うべきことでしょう」

　剣一郎は四郎兵衛の抗議を跳《は》ね返す。

「よいか、この件は東町奉行所のお奉行から我が南町のお奉行に直々《じきじき》に依頼があり、了承したのだ。それを……」

「あいや、長谷川どの」

　清左衛門が片手を上げて制し、

「青柳どのの話がうまく伝わっていなかったようなので、もう一度申し上げる。当初の六輔の捕縛ということに関してはお奉行の約束どおりだ。しかし、新たに江戸で殺しが発生した。この件については当然、南町が調べるということでござる」

「いや、お奉行が約束されたのは六輔に関わることはすべて東町奉行所にて……」

「そんなことをしたら、南町の権威はどうなるのか。江戸であっても、東町奉行所の者のやることに異を唱えるな、見て見ぬ振りをせよと言うのか。長谷川どのはどこの御方でござるか。それとも、まさか南町奉行は大坂の奉行所に弱みでも握られているのか」

清左衛門は激しく言い返した。

「聞き捨てならぬ。お奉行への侮辱だ」

四郎兵衛は眦《まなじり》をつり上げた。

「いや、お奉行の考えこそ、南町への侮辱でござる。江戸で起きた殺しを東町奉行所に任せろなんてとんでもないこと」

「うむ……」

四郎兵衛は呻《うめ》いた。

「長谷川どのは東町奉行所に対して毅然《きぜん》たる態度で臨《のぞ》んでいただきたい」

「お主たちはお奉行の命令に逆らうのだな」

四郎兵衛は声を震わせた。

「いくらお奉行でも間違った命令には従えません」

剣一郎もはっきり言った。

「間違っただと。よくも」

四郎兵衛の顔は興奮から赤くなっていた。

「長谷川さま。多々良どのは六輔が来嶋どのを殺したと見ているようですが、下手人は別にいるやもしれません」

「なに、寝ぼけたことを。来嶋征太郎は六輔を追っていて殺されたのだ。六輔以外に誰がいる」

「多々良どのの言い分ではそうなります」

剣一郎は冷静に言い、

「なれど、誰も六輔が来嶋どのを殺したところを見ていません。よくお考えください。東町奉行所与力の来嶋どのは剣の腕も立ったはず。そんな来嶋どのが胸と腹部を刺されて殺されたのです。来嶋どのは正面から匕首《あいくち》で刺されています。刀も抜いていません。とり押さえるときに暴れられたとしても、反撃も出来ずにむざむざと刺されたというのは不自然です」

「何が言いたいのだ?」

「ふたりの男が争った辺りにはひとがたくさんおりましたが、ほとんどの者は花火を見ていて異変に気づいていませんでした。ただ、何人かは揉《も》めているようなふたりを目にしていましたが、暗いので身なりや人相までは見ていません。ようするに、下手人が六輔だという証《あかし》は何ひとつないのです」

「だからといって、六輔ではないということにはならぬ」

「ええ。仰《おつしや》るとおりですが、六輔以外に下手人がいるということも考えられます」

「なに」

四郎兵衛は目を剝《む》いた。

「来嶋どのにはまったく抵抗したあとがありません。つまり、思わぬ相手に刺されたのではないでしょうか。油断していたのです」

「ばかな。そんな相手がどこにいるのだ？」

剣一郎は間をとって、

「その調べをこれからいたします。六輔を下手人と決めつけられては、真相の解明に支障をきたします」

「信じられぬ」

四郎兵衛は渋い顔で言い、

「もし、多々良どのの言うように六輔が下手人だとわかったら、どう責任をとるのだ？」

と、激しく迫った。

剣一郎は答える。

「長谷川さまのお望みのとおりの処分をお受けいたします」

「その言葉に二言はないな」

「ありません」

「よし」

「長谷川どの」

また、清左衛門が口をはさんだ。

「何か」

「下手人が六輔でなかった場合、長谷川どのは責任をとられるのか」

「わしは関係ない」

「関係ないとは？」

「探索をするのは青柳どのだ」

「しかし、その青柳どのの探索をやめさせようとしたではないか」

清左衛門は四郎兵衛を追い込むように言う。

「わしはお奉行のご意向を伝えただけだ」

「ようするに、責任をとるつもりはないということですな」

「よいか。二、三日のうちにはっきりさせよ」

一方的に言い、四郎兵衛は逃げるように部屋を出て行った。

「相変わらずだ」

清左衛門は苦笑したが、すぐ真顔になって、

「青柳どの、下手人の見当がついているのか」

と、きいた。

「多々良どののことが気になるのです」

剣一郎は口にした。

「最初から六輔を始末することが多々良どのの狙いのようでした。なぜ、そうまでして六輔を殺そうとするのか。今になってやっとわかりました。六輔を来嶋どの殺しの下手人に仕立て、口封じをするためではないかと」

「まさか、多々良どのが?」

清左衛門は驚いてきく。

「ただ、なぜ、来嶋どのを殺さねばならなかったのか。おそらく、大坂東町奉行所与力の佐川善次郎どのが殺された事件の裏に何かがあるのではないかと」

「しかし、大坂の事件では手の出しようもないな」

「大坂の事件の詳細を知るには多々良どのからきくしかありませんが、果たしてどこまで真実を語ってくれるか。そこで、期待したいのは東町奉行所同心のふたりです」

剣一郎は瘦身《そうしん》の坂下弥二郎と大柄な仁科富士郎を思い浮かべた。

「六輔は何かを隠しています。しかし、きっかけがあれば目が覚めるかもしれません」

すべては六輔にかかっているのだ。そのためには事件の背景を知らなければならなかった。

昼過ぎ、剣一郎は本材木町《ほんざいもくちょう》の三丁目と四丁目の境にある大番屋に顔を出した。

吾平を取り調べていた友永亀次郎が気づいて、

「青柳さま」

と、顔を向けた。

「どうだ?」

「否認を続けています」

「少し話をさせてもらいたい」

「はい、どうぞ」

剣一郎は莚《むしろ》の上に座っている吾平の前に立った。

「吾平。わしからいくつか訊《たず》ねる」

剣一郎は声をかけ、

「鋳掛屋《いかけや》の長次を知っているな」

「へえ」

「どういう仲だ?」

「『加賀屋』にやってきて、鍋、釜《かま》の修繕をしてました。そんとき、よく話をしていました」

「そなたは、たびたび女中部屋を覗《のぞ》きに行っていたようだな」

剣一郎は確かめるようにきいた。

「へえ」

「何しにだ？」

「別に目的があってのことではありません」

吾平は俯《うつむ》いて答える。

長次の話だと、おまきという十三歳の女中と仲がよさそうだということだったが」

「おまきちゃんだけがあっしに親切にしてくれましたので」

「おまきに会いに行っていたのではないのか」

「…………」

「どうなんだ？」

「会うというより、どうしているか様子を見に……」

「なぜ、そこまでするのだ？」

「おまきちゃんの顔を見ると、こっちも元気になります。だから、一日姿が見えないと気になって」

「女中部屋に行ったって中に入れないだろう」

「出てくるのを待つだけでした」

吾平は静かに言う。

「火事が起こる前に、物置小屋に行ったそうだな」

「へえ、小屋の横に置いてある箒《ほうき》をとりに」

「そのとき、小屋の付近に誰もいなかったのだな」

「ええ、見ていません」

吾平はおやっと思うほど強い声で言った。

「ほんとうにか」

「はい」

「そなたが物置小屋から引き上げた直後に出火しているな」

「はい、物置小屋が燃えているのに気づいてかけつけたとき、火の粉《こ》が母屋まで風に飛ばされて」

「なぜ、焼け跡から逃げだしたのだ？」

「自分が疑われているのではないかと思うと怖くなって」

吾平は気弱そうな声を出した。

「ところで、そなたが物置小屋から離れてすぐ出火したのだとすれば、そのとき、小屋のそばに誰かがいたということはないか。何か気づかなかったか」

剣一郎は吾平をじっと見つめる。

「いえ」

　吾平は目を逸《そ》らすように俯いた。

　そのまま顔を上げようとしない。

「石原町の『守田屋』だが、逃げる途中に出会った男から教えてもらったということであったな」

　剣一郎は問いの内容を変えた。

「へえ」

「出会った場所は？」

「永代橋でした」

「どんな男だ？」

「暗かったので……」

「どうして、その男と言葉を交わしたのだ？」

「橋の袂《たもと》で休んでいたら声をかけてくれて……。芝の火事で焼け出されたと知ったら、石原町の『守田屋』を訪ねてみろと」

「男の名は？」

「言いませんでした」

「それはおかしいな」

剣一郎は一蹴するように、

「いきなり見知らぬ男が訪ねてきても、『守田屋』の亭主も困るだろう。その男は、誰々から聞いたと言えば受け入れてくれるとは言わなかったか」

「いえ」

「まあいい」

剣一郎は言い、

「そなたはずっと逃げ回るつもりだったのか」

「わかりません」

「『守田屋』にいつまでいるつもりだったのだ?」

「…………」

「それもわからぬか」

剣一郎は立ち上がった。

亀次郎が吾平を奥の仮牢《かりろう》に戻したあとで、

「青柳さま。いかがでしょうか」

と、きいた。

「そなたはどう思う?」

「吾平の仕業とするにはどうもしっくりしません」

亀次郎は首を傾《かし》げた。

「確かにそうだ。何か隠しているようだ。吾平は誰かをかばっているのかもしれない」

「誰をかばっているのでしょうか。吾平にはそこまでする相手がいるようには思えないのですが」

亀次郎が疑問を口にした。

「うむ。いずれにしろ、牢送りは急がず、じっくり調べるのだ」

「わかりました」

剣一郎は大番屋をあとにした。

二

剣一郎は大番屋を出て、奉行所に向かった。

数寄屋橋御門に差しかかったとき、前方から歩いてくる多々良錦吾に出会った。

「これは青柳さま」

「長谷川どのにご用でしたか」

剣一郎は確かめた。

「ええ。おたくの植村という同心が吾妻橋でなにやら聞き込みをしていました。なんでも、来嶋征太郎殺しの件だとか」

「そうです」

「あれは下手人がはっきりしています。よけいな聞き込みなどせず、六輔の行方を追ってもらいたいと、長谷川さまに改めてお願いに上がったのです。そしたら」

錦吾は口元を歪《ゆが》め、

「青柳さまは六輔の仕業ではないとお考えだとか」

と、咎《とが》めるように言う。

「まだ、六輔の仕業だと言い切れないということです」

「なぜですか」

錦吾は厳しい顔でいい返した。

「六輔を追ってきた与力が殺されたのです。誰が見ても六輔の仕業に間違いないではありませんか」

「それが真の下手人の狙いかもしれません」

剣一郎は口にする。

「真の下手人？」

錦吾は顔色を変えた。

「たとえば、来嶋どのを亡きものにしたい人物がいたとしましょう。こういう状況で、来嶋どのを殺せば六輔のせいに出来る」

剣一郎は間を置き、

「失礼ですが、多々良どのと来嶋どのとの仲はいかがだったのでしょうか」

と、きいた。

「どういう意味だ？」

錦吾は眉根を寄せた。

「おふたりの間に何か対立するようなことがなかったかどうか」

「まるで、私が私怨《しえん》で来嶋を殺したような言い方ではありませんか」

錦吾は気色《けしき》ばみ、

「いくら、青柳さまとて言っていいことと悪い……」

「お待ちください」

剣一郎は相手の言葉を制し、

「我らは大坂での事件がどのようなものか知らないのです。多々良どのから、六輔が佐川善次郎どのを殺して江戸に逃げたとだけ聞きましたが、詳しいことは教えてもらっていません。したがって、我らは目の前で起きたことに立ち向かうしかないのです」

「六輔には母親と妹がいるんです」

錦吾はいきなり口にした。

「妹は『堺屋』で女中奉公しています」

「『堺屋』で？」

「そうです。その関係で、旦那の淀五郎から頼まれて、六輔は佐川善次郎を殺したのに違いありません」

「六輔はどのような状況で佐川どのを殺せたのでしょうか。与力である佐川どのがむざむざと殺《や》られるとは考えづらいのですが」

「女といちゃついていたところを襲ったのですよ。酒も入っていたので、襲撃を防げなかったんです」

「しかし、六輔にそこまでの技量があるか」

剣一郎は疑問を呈《てい》する。

「青柳さま。ひょっとして、六輔を匿《かくま》っているのでは……」

錦吾は目を剝いた。

「どうして、そう思われるのか」

「六輔の口先に騙《だま》されているように思えましてね」

錦吾は皮肉そうに言う。

「ご安心を。仮に六輔から事情を聞くことがあっても、十分に吟味《ぎんみ》をします」

剣一郎は毅然《きぜん》と言う。

「どうあっても、我らの望むとおりに動いていただけないのですね」

「六輔が来嶋どのを殺したのだとしたら、まずその疑いで六輔を捕縛し、取調べをいたします」

「…………」

「同心の坂下弥二郎どのと仁科富十郎どのはどちらに？」

「六輔を捜しまわっています」

「これだけは言っておきます。六輔は平気で嘘《うそ》をつく男です。鵜呑《うの》みにされては困ります。ごまかされないように」

そう言い、錦吾は剣一郎の脇をすり抜けて行った。

剣一郎はいったん奉行所に戻り、再び出かけた。

半刻（一時間）後に、剣一郎は駒形町の『堺屋』にやってきた。

店に主人の福太郎が出ていた。剣一郎に気づくと、すぐに近寄ってきた。

「青柳さま、何か」

不安そうな顔できく。

「そなたは、六輔について多々良どのから事情を聞いたな」

剣一郎は土間に立ったまままきく。

「はい、聞きました」

「どう思ったのだ」

「旦那が妾《めかけ》を寝取られたからと、六輔に佐川さまを殺すようにと依頼するなんて信じられません」

「そうですか」

「旦那はどんな男だ」

「私からは立派な旦那としか言えません」

福太郎は首を横に振る。

「多々良どのは、また六輔が五十両をとりにくると思っているか」

剣一郎は確かめた。

「はい。しかし、今度は代わりの者を寄越すかもしれないと」

「すると、離れには？」

「坂下さまが張り込んでいらっしゃいます」

「そうか」

ちょうどいい機会だと思った。

「坂下どのに会いたい」

「わかりました。ご案内します」

福太郎の案内で、庭に出て離れへ向かった。

障子が開け放たれた部屋で、坂下弥二郎が団扇《うちわ》を使っていた。

「あなたは……」

弥二郎は急いで居住まいをただした。

「少し、話がしたいのだが」

「どうぞ、お上がりください」

剣一郎は刀をはずして部屋に上がった。

差し向かいになって、

「いきなりだが、坂下どのは六輔が来嶋どのを殺したと思われるか」

と、剣一郎は切り出した。

「さようです」

「本心からそうお思いか」

「もちろんです」

弥二郎は困惑ぎみに言う。

「そなたたちは六輔を捕まえるために江戸に来たのか。それとも六輔を始末するためか」

「もちろん、捕まえるためです」

「しかし、捕まえたとして、わずか三人で大坂まで連れていけるとお思いか」

剣一郎は鋭くきく。

「…………」

「どうなのだ？」

「たかが商家の奉公人ですから」

「しかし、多々良どのの話では、六輔は腕が立つ上に凶暴だから斬ることもあり得るということであったが」

「………」

「坂下どのの見方とだいぶ違うようだが」

剣一郎は問い詰めるように、

「はじめから六輔を殺すつもりで江戸に来たのだな？」

と、語気を強めた。

「いえ。私は六輔を連れて帰るつもりでした。死んだ来嶋さまもそうです」

「ほんとうに、来嶋どのは六輔に殺られたと思っているのか。来嶋どのはそんなに剣が使えない武士であったのか」

「来嶋さまは東町奉行所一の剣の使い手でした」

弥二郎はむきになって言う。

「それほどの使い手がなぜ、六輔にあっさり殺されたのだ？」

「わかりません。私も不思議に思っていました」

「六輔が、佐川どのと来嶋どののふたりの与力を殺すことが出来たと思うか」

「佐川さまは女の家でくつろいでいるところを襲われたのです。油断していたでしょうし、六輔でも可能でしょう。ただ、来嶋さまの場合はちと……」

「川開きの夜、そなたたちはどこにいたのだ？」

剣一郎は問いを変えた。

「『堺屋』の付近を見張っていました」

「多々良どのもか」

「いえ、多々良さまは『堺屋』の離れに、来嶋さまといっしょにいたはずです」

「いっしょとな」

「はい。あの夜は、六輔が必ず現われると考え、我らに『堺屋』の周辺を見張らせ、ご自身は離れに」

「では、最初から多々良どのは来嶋どのといっしょに『堺屋』から逃走した六輔を追っていたのだな」

「そうです」

剣一郎は弥二郎に言いきかせるように錦吾の動きを確かめる。

「それなのに、来嶋どのだけが六輔に追いついて刺された。多々良どのはなぜ遅れたのだ？」

「わかりません」

「多々良どのはそのまま六輔のあとを追ったということだった。そなたたちはどうしていたのだ？」

「騒ぎに気づき多々良さまたちのあとを追って、遅れて橋を渡っていきました。でも、橋を渡り切ったところで多々良さまが茫然《ぼうぜん》と立っていて、見失ったと。そして、あわてて来嶋が六輔に刺されたと言い、橋を戻って行きました」

「では、来嶋どのと六輔が争っていたのは見ていないのだな」

「見ていません」

「多々良どのと来嶋どのは仲がよかったか」

「ええ、悪くはないと思いますが……」

「悪くはないと思うが、よくもないということか」

剣一郎はきいた。

「ときたま、仕事のことで言い合いになってましたが、仲は悪くなかったと思います」

「六輔のことで言い合いは？」

「そういえば……」

「六輔のことで意見が違っていたのか」

「ええ、来嶋さまは六輔ひとりの犯行ではないと考えていて、多々良さまと意見が対立していました。でも、六輔を捕まえて白状させれば明らかになると、来嶋さまは言ってました」

「なるほど、来嶋どのは少なくとも六輔を始末しようなどと考えていなかったようだ」

「ええ……」

「坂下どの。よく考えよ」

剣一郎はここぞとばかりに迫った。

「自分でも、六輔の追跡でどこかおかしいと思ったことがあるのではないか。そもそも、なぜ、六輔が駒形町の『堺屋』に現われることを知っていたのだ？」

「六輔が新町の遊女に、江戸で金が手に入ると話していたのです」

「遊女から話を聞いてきたのは誰だ？」

「多々良さまです」

「やはり、多々良どのか」

剣一郎は厳しい顔で、

「六輔は遊女にそんなことまで話をしたと思うか」

「…………」

「大坂からの動きを、仁科どのとよく話し合ってみるのだ」

「…………」

「それから、六輔はもう金を受け取りには来ないだろう」

驚いた顔をした弥二郎に、

「もし、何かわかったら、八丁堀のわしの屋敷を訪ねてくれ」

と言い、剣一郎は『堺屋』を出て行った。


剣一郎は吾妻橋を渡り、石原町の『守田屋』にやってきた。

二階の部屋に六輔とともに太助がいた。

「青柳さま」

太助が顔を向けた。

「ごくろう」

太助に声をかけ、剣一郎は六輔の前に腰を下ろした。

「どうだ、少しは落ち着いたか」

剣一郎は六輔の顔色を窺《うかが》う。

「ええ。まあ」

六輔は曖昧《あいまい》に言う。

まだ、決断はついていないようだ。

「そなたが与力の佐川どのを殺したのは、『堺屋』の旦那淀五郎の妾といい仲になっていたことが許せなかったということであったな」

剣一郎は確かめる。

「はい」

「一方、多々良どのによると、そなたが淀五郎に頼まれて、佐川どのを殺したということになっている。駒形町にある『堺屋』の出店から、その報酬として五十両を受け取る段取りだったと。だから、その約束を認《したた》めた文《ふみ》が淀五郎の罪を暴く証拠だと考えているようだ」

剣一郎は六輔の顔を見つめ、

「なぜ、大坂で渡さず、江戸なのだ」

「大坂で渡さなかったのは、万が一あっしが捕まって金の出所が問題になったら自分の名が出るかもしれないと旦那が用心したのと、あっしが江戸で暮らせるようにという思いから……」

「その話を新町の馴染《なじ》みの遊女に話したか」

「いえ。あっしにそんな遊女なんていません」

「やはりな」

剣一郎は口元を歪めた。

「何か」

「東町奉行所の与力たちは、そなたが五十両を受け取りに『堺屋』に顔を出すことを知っていた。遊女からでなければ、どうして知ったのだ？」

「………」

六輔は怪訝《けげん》そうな顔になった。

「このことを知っているのは誰だ？」

「まさか、旦那が……」

六輔は目を見開いた。

「そうだ。淀五郎だ」

剣一郎は言い切った。

「そんな。なぜ、旦那がそんな真似《まね》を」

「六輔。もう正直に話してもらいたい」

「…………」

六輔は俯いた。

「よいか。そなたが江戸に行くように仕向けたのは淀五郎だ。そして、おそらくそのことを与力の多々良どのに伝えた。淀五郎と多々良どのはつるんでいるとしか考えられない」

「旦那があっしを騙して……」

「まず、間違いあるまい」

「なぜですか。旦那が金で奉行所の与力を買収したのですか」

六輔は顔を強張《こわば》らせた。

「六輔。その前にほんとうのことを言うのだ。そなたが佐川善次郎どのを殺したというのは嘘だな。淀五郎をかばっているのではないか」

「…………」

「どうなのだ?」

「それは……」

「そなたは、淀五郎が佐川どのを殺したと思い込んでいるようだが、そうは思えぬ」

「えっ？」

「そなたに身代わりを務めさせたいゆえの方便だ」

「………」

「六輔、わしの考えをはっきり言おう。佐川どのを殺したのは多々良どのだと、わしは思っている。そなたの仕業に見せるために多々良どのは匕首で殺した。来嶋どのと同じようにだ」

「でも、『堺屋』の旦那は自分が殺してしまったと、あっしにはっきり言いました。旦那の仕業じゃないのなら、なんであっしにそんなことを……」

「淀五郎と多々良どのはおそらくぐるだ」

「なんですって」

「憶測で物を言うのはよくないが、東町奉行所内で何かの不正が行なわれているのではないか。それに淀五郎が絡《から》んでいる」

「………」

六輔は啞然《あぜん》とした顔をしている。

「その不正に気がついたのが佐川どのなのだろう。だから、多々良どのと淀五郎は、佐川どのを始末する必要に迫られた。それで、淀五郎は真相を話すという口実で妾の家に佐川どの呼び出し、隠れていた多々良どのが隙《すき》をついて匕首で佐川どのを刺した。わしはこう見ている」

剣一郎は息継ぎをし、

「下手人に仕立てるために、淀五郎は自分が殺したことにしてそなたに泣きついたというわけだ。だが、そなたが取調べを受けたらすぐにぼろが出てしまう。だから、いったん江戸に逃がし、多々良錦吾自らが追手になって江戸に向かった。むろん、口封じのためだ」

「旦那は身代わりになってくれれば、あっしの母と妹の面倒をちゃんと見るって言ってくれたんです。妹を『堺屋』の娘として嫁に出すとも」

「そなたが死ねば、そんな約束はなかったことになる」

「汚ねえ」

六輔は拳《こぶし》を握りしめて吐き捨てた。

しばらくうなだれたまま呻いていたが、六輔は苦痛に歪んだ顔を上げ、

「青柳さま。あっしはどうしたらいいんですかえ」

と、絞り出すような声で訴えた。

「ひとつしかない。大坂に帰り、東町奉行所に自首して出るのだ」

「また、追いかけてこないでしょうか。それより、東町に多々良さまの味方が待ち受けていたら……」

「心配ない。わしがちゃんと手を打つ。よいか、母親と妹のためにも身の潔白を明らかにするのだ」

「わかりました」

六輔の目が光を帯びてきた。

「太助、又吉を呼んでくれ」

剣一郎は頼んだ。

太助は階下に行った。

すぐに、又吉がやってきた。

「青柳さま、お呼びで」

又吉が腰を折ってきく。

「六輔を大坂に帰し、自首させる。明日か明後日には出立させたい。そのつもりでいてもらいたい」

「わかりました。そうですか、それが最善でしょう」

又吉はほっとしたように笑《え》みを湛《たた》えた。

三

本所石原町から奉行所に戻った剣一郎は、ただちに宇野清左衛門に面会を申し入れて、年番方与力の部屋で差し向かいになった。

「六輔がようやくほんとうのことを打ち明けてくれました」

剣一郎は六輔の話から、自分の立てた推理を話し、

「与力の多々良どのと『堺屋』の淀五郎の動きを考えると、東町奉行所で不正が行なわれているのではないかと思われます」

「そういうことであったか。危ういところで、南町もその不正に加担するところだった」

清左衛門は苦い顔をしたが、

「しかし、どうしたらいいのか」

と、今後のことをきいた。

「六輔を大坂に帰し、東町奉行所に自首させます」

「六輔はどう思っているのだ？」

「その気です」

「そうか」

「しかし、六輔をひとりで大坂に帰すわけにはまいりません。それで、作田新兵衛《さくたしんべえ》に護衛を頼みたいのですが」

「いいだろう」

清左衛門は頷《うなず》き、手を叩《たた》いた。

やってきた見習い与力に、作田新兵衛を呼ぶように命じた。

作田新兵衛は隠密《おんみつ》同心である。

隠密廻りは熟練の同心がなる。同心の中で有能な者が定町廻りから臨時《りんじ》廻り、そして隠密廻りになるのだ。

隠密に聞き込みや探索をするため、いろいろな人物に姿を変える。ときには物貰いや托鉢僧《たくはっそう》、門付け芸人などに変装する。その変装にも新兵衛は長《た》けていた。

部屋の外で声がし、見習い与力が襖《ふすま》を開けた。

「失礼します」

新兵衛が部屋に入ってきた。四十半ばを過ぎているが、身のこなしなどは機敏で柔らかく若々しい。

「また、手を借りたい」

清左衛門が声をかける。

「はっ」

新兵衛は低頭した。

「いつも新兵衛ばかりに頼ってしまうが、今度もそなたに頼まざるを得ない」

剣一郎は心苦しそうに、

「大坂に行ってもらいたいのだ。また、長期にわたり、江戸を留守にさせてしまうことになるが」

と、口にした。

「何の。それが私の役目」

「頼もしいぞ、新兵衛」

清左衛門が讃《たた》える。

「今、東町奉行所から与力と同心が来ているのを知っているな」

「はい。六輔という男を追ってきているのですね」

「そうだ。東町奉行所与力の佐川善次郎どのを殺して江戸に逃げてきたということだったが、事件の真相はおそらくこうだ」

剣一郎は東町奉行所内で不正が行なわれているかもしれないことを述べた。

「与力の多々良どのと『堺屋』の主人淀五郎はつるんで何らかの不正を働き、そのことに目をつけたと思われるのが佐川善次郎どのだ」

剣一郎の説明を新兵衛はじっと聞いている。

「六輔は淀五郎に騙されていたのだ。そのことに気づいたゆえ、これから大坂に帰って自首をする」

「わかりました。六輔を無事大坂東町奉行所まで送り届けるのでございますね」

新兵衛は得心して言う。

「いや、それだけではない。東町奉行所内で他に不正に関わっている者がいるかもしれぬ。つまり、多々良どのの仲間だ。六輔がその者に引き取られたら敵の思う壺《つぼ》だ。だから、まっとうな相手かどうか探ってから六輔を奉行所に渡して欲しい」

「わかりました」

新兵衛はすべてを察し、

「六輔と香具師《やし》の格好で大坂に出立します」

と、言った。

「いつ発てそうか」

「明日の早朝に」

「よし。今夜のうちに六輔を引き合わせる」

「私が迎えに行きます」

新兵衛は言う。

「太助に案内させる」

「はっ」

新兵衛が下がったあと、剣一郎は清左衛門に相談した。

「万が一に備え、多々良どのたちを足止めさせたいのですが」

そう言い、剣一郎は多々良錦吾の取調べを口にした。

「証はなく、来嶋どの殺しで裁くことは無理でしょうが、南町として多々良どのを取り調べたという事実を残しておけば、東町奉行所の吟味にも役立ちましょう」

「わかった」

与力部屋に戻った剣一郎は京之進を呼んだ。

同心詰所に戻っていた京之進はすぐに与力部屋にやってきた。

「来嶋どの殺しの探索はどうだ?」

「二人の侍が揉《も》み合っているのを見たという男を捜《さが》し出しました。花川戸《はなかわど》に住む職人です。ただ、顔はわからないそうです」

「いや。それで十分だ。多々良どのと他のふたりの同心から事情をきくのだ」

剣一郎は狙いを話した。

「わかりました。今夜、宿舎に行ってみます」

多々良錦吾たちは馬喰町《ばくろちょう》の旅籠《はたご》に宿をとっていた。


その夜、八丁堀の屋敷に、香具師の格好をした作田新兵衛がやってきた。

剣一郎は濡縁《ぬれえん》に出て、庭先に立った新兵衛に、

「ごくろう。太助に案内させる」

と、声をかけた。

「はっ」

「今時分、京之進たちが多々良どのたちを訪ね、事情をきいているはずだ。多々良どのたちの目はないが、探索の男を雇っているかもしれぬので十分に気をつけるのだ」

「わかりました。今夜は南伝馬町《みなみてんまちょう》にある私の知り合いの家に泊まり、明日早朝、大坂に出立します」

「うむ。頼んだ。これを、向こうのお奉行に」

大坂東町奉行所のお奉行に宛てた宇野清左衛門と剣一郎の連名の文だ。事件の経緯を認《したた》めた。

「お預かりいたします」

新兵衛は文を受け取った。

「太助、案内を」

「はい」

太助はすでに庭に下りていた。

剣一郎がふたりを見送って部屋に戻ろうとしたら、太助が戻ってきて、

「青柳さま。長次ってひとが門の前に来ていますが」

と、伝えた。

「なに、長次だと。ここへ」

「へい」

太助は門のほうに戻り、長次を連れてきた。

「じゃあ、あっしは」

太助は改めて出かけて行った。

「夜分にすみません」

長次は遠慮がちに言う。

「構わぬ。上がれ」

「いえ、ここで」

長次は庭先に立ったまま、

「吾平さんが付け火の疑いで捕まったって聞きました。ほんとうでしょうか」

「吾平のことを気にしてやってきたのか」

剣一郎は長次の顔を見て、

「今、大番屋で取調べをしているところだ」

「吾平さんはなんと？」

長次は気にした。

「否認している。ただ、姿を晦《くら》ましたことが吾平にとって不利だ」

「でも、何かわけがあってのことだと思いますが」

長次は擁護する。

「そうだろう」

剣一郎は頷き、

「だが、もうひとつ、気になることがある」

「なんでしょう」

「吾平がたびたび女中部屋を覗きに行っていたことだ。先日そなたも言っていたとおり、おまきという十三歳の女中の顔を見るためだと吾平は説明していた。一日一度はおまきの顔を見ないと落ち着かないということだった」

「…………」

「だが、ほんとうに、そのために女中部屋を覗きに行っていたのだろうか」

「と、仰いますと?」

「どうも何かが隠されているような気がする。女中部屋に行くのは別な理由があったのではないか」

「…………」

「姿を晦ましたことと女中部屋に行っていた理由、この二点が明らかになれば真相に辿《たど》りつけそうに思える」

「真相？」

「そうだ。わしは、吾平は誰かをかばっているのではないかと思っている」

「かばうって誰をですかえ」

長次の声が微《かす》かに震えを帯びているのがわかった。

「まだ、わからぬ。だが、自分が付け火の疑いをかけられてまでもかばおうとするのは、よほどの相手に思える」

「吾平さんにそんな相手がいるとは思えませんが」

「女中のひとりに惚《ほ》れているとしたらどうだ？」

「………」

長次は唖然とした表情になった。

「いや、これはわしの勝手な想像だ」

剣一郎は言ってから、

「長次、そなたは吾平について何か知っているのではないか」

と、改めて確かめた。

「とんでもない。何も知りません」

妙にあわてて言う。

長次がほんとうは何のためにやってきたのか探るように、

「吾平のことがそんなに気になるのか」

と、きいた。

「ええ、多少の縁がありますから」

長次は心配そうに言う。

「吾平が捕まったと聞いて、さぞ驚いたろうな」

「ええ、まあ」

「吾平は信州佐久の出だったな」

「そう聞いています」

「佐久には親兄弟はいるのか」

「いないと思いますが」

「ところで、そなたは位牌《いはい》をふたつ持っていたそうだな」

剣一郎はふと長次のことに話を移した。

「へえ」

「誰のだ？」

「世話になったひとです」

「世話になった？」

「はい。十年ほど前に亡くなりました。その恩を忘れないように位牌を作りました」

「かみさんではないのか」

「いえ、あっしは独り身でして」

長次は辛《つら》そうな顔をした。

「火事跡で位牌を探していたそうだな」

「はい」

「見つかったか」

「はい。焼け焦《こ》げていましたが、なんとか位牌だとわかりました……」

「それは残念だったな」

「あっしのところに戻ってきてくれただけでもよかったと思います」

「そうだな。ところで、火事のとき、『末広屋』の近くに現われたのは、その位牌を取りに戻ったのだな」

「はい。商売で愛宕下のほうを歩いていたとき、浜松町辺りから火の手が上がったのが見えました。風向きから露月町も危ないと思い、あわてて駆け付けたのです。そしたら、あの騒ぎに出くわしたのです」

「今も焼け跡で暮らしているのか」

「ええ。いずれは、どこぞの長屋に部屋を借りようと思いますが、もうしばらくは……。幸い今は夏なので」

「では、そなたに会いに行くときは焼け跡を訪ねよう」

「はい」

頷いてから、長次は窺うように、

「吾平さんに会うことは出来ませんか」

と、きいた。

「無理だ」

剣一郎はきっぱりと言い、

「何か言伝《ことづ》てがあれば、わしから伝えよう」

と、長次の顔を見た。

「……いえ」

間があって、答えた。

「夜分に押しかけて申し訳ありませんでした」

長次は挨拶《あいさつ》して引き上げて行った。


翌日の朝、京之進が屋敷にやってきた。

剣一郎は玄関に出て行った。

「昨夜、夜の四つ（午後十時）近くまで、多々良錦吾どのから事情を聞きました。来嶋を殺したのは六輔に間違いないと言い切っていました。しまいには、こんなことをしている間に六輔が逃げてしまったらどうするのだと怒りを露《あらわ》にしていました」

京之進は様子を話した。

「他のふたりはどうだ？」

「多々良どのに遠慮してあまり発言しませんでしたが、こっちの説明に納得しているような感じです」

「そうか。あのふたりの同心も何かを感じているはずだ」

「そのように感じられます」

「いくら追及しても、多々良どのは尻尾《しっぽ》を出すまい」

「はい。何か言うたびに、激しく反論してきます」

「すでに、作田新兵衛と六輔は出立しただろう。今頃は品川宿を過ぎているかもしれない。出来るだけ長く足止めをし、ふたりに追いつけないように日数を稼ぐのだ」

「はい。また多々良錦吾どののたちのところに行ってきます」

「頼んだ」

京之進が玄関から出て行き、剣一郎は居間に戻った。

太助がやってきた。

朝から庭先には強い陽差しが射し込んでいるので、太助は部屋に上がってきた。

「昨夜、六輔さんは無事に作田さまと連れ立って、又吉さんのところを出て行きました」

「ごくろうだった」

剣一郎は労《ねぎら》った。

「あとは、新兵衛に任せるしかない。太助、これから付き合ってもらいたい」

「へえ。どこに？」

「深川入船町の『加賀屋』の寮だ」

剣一郎は少し気になることがあった。

四

永代橋は日陰がなく、直《じか》に陽差しを受ける。それでも川風を受けて、行き交うひとびとの顔には余裕が見られる。

朝早くから大川には納涼船が出ていた。

剣一郎と太助は入船町に着いて、海が望めるところにある黒板塀の『加賀屋』の寮の前に立った。

蟬《せみ》が彼方此方《あちこち》で鳴いていた。いかにも暑さを増すような鳴き声だ。

門は開いている。剣一郎は門を入り、庭に水をまいている男に声をかけた。

「南町の青柳剣一郎である。主人はいるか」

「青柳さまで」

男はあわてて、

「ただいま」

と、土間に駆け込んだ。

すぐに女中らしい若い女が迎えに出てきて、

「どうぞ、こちらに」

と、声をかけた。

剣一郎と太助は土間に入り、板敷きの間に上がると、女中の案内ですぐ脇にある客間に通された。

「すぐ参りますので」

挨拶して出て行こうとするのを呼び止め、

「そなたは『加賀屋』の店でも奉公していたのか」

と、きいた。

「はい、さようでございます」

「下男の吾平を知っているな」

「はい」

「そなたの名は？」

「すみです」

「おすみか。あとで話を聞きたい」

「はい」

おすみは不安そうな顔になった。

「心配するようなことではない」

剣一郎は安心させるように言う。

「わかりました」

おすみが去ったあと、『加賀屋』の主人が入ってきた。でっぷりした男で、顔も大きく二重顎《あご》だ。四十前後だろう。

「これは青柳さま」

加賀屋が頭を下げる。

「このたびはとんだ災難だったな。しかし、さすが大店《おおだな》だけある。このような寮があったおかげで、奉公人たちも困らずに済む」

「でも、火元が『加賀屋』なので周囲の目が厳しいのでかないません」

加賀屋はこぼした。

「しかし、火の不始末ではなく、付け火ではないか」

「それが問題です。火をつけたのが『加賀屋』の下男だとしたら……」

加賀屋は暗い顔をし、

「吾平の仕業でしょうか」

と、きいた。

「いや、本人は否定している」

「いずれ観念するでしょう。そのとき、『加賀屋』で虐《しいた》げられた腹いせだとか、あらぬことを言われたら、さらに『加賀屋』に批難の目が……」

「そなたは吾平が火をつけたと思っているのか」

「ええ……」

「手文庫の五両の件があるからか」

「…………」

「吾平に濡衣を着せたそうだな」

「いえ、それは……」

加賀屋は言葉に詰まった。

「吾平はそんなことを恨んで火をつけるような男とは思えぬ」

剣一郎は吾平をかばうように言ってから、

「ところで、吾平はたびたび、女中部屋を覗いていたということであったな」

「はい。女中が薄気味悪いと噂《うわさ》しているのが私の耳にも入ってきました」

「吾平はそのことにどんな弁明を？」

「ただ、黙って謝るだけでした」

「そなたは、吾平は何のために女中部屋を覗いていたと思うのだ？」

剣一郎は加賀屋の目を見つめる。

「女中の誰かに岡惚《おかぼ》れしていたのかもしれません」

「誰かは想像つくか」

「いえ、若い女中は十人あまりおります。吾平が誰を気に入っているのかわかりません。でも、奉公人同士の色恋沙汰《ざた》は禁じており、ましてや下男が……」

加賀屋は下男を見下すように言う。

「下男が女子《おなご》を好きになってはいけないことはあるまい」

剣一郎はたしなめる。

「はい。申し訳ありません」

加賀屋は素直に謝った。

「女中部屋を覗いていた以外で、吾平のことで苦情をもらした女中はおるか。たとえば、いつもいやらしい目で見つめているとか、庭に出ると、すぐに寄ってきて何かと声をかけてくるとか」

剣一郎はきいた。

「いえ、そのような話は私の耳には入っていません」

「吾平はおまきという女中を気に入っていたそうだが」

「おまきですか」

加賀屋は意外そうな顔をして、

「おまきはまだ十三歳ですが」

と、口にする。

「おまきは吾平とは親しく口をきいていたそうだ」

「それは知りませんでした」

加賀屋は答えてから、

「そのことが何か」

と、不安そうにきいた。

「いや、念のためにきいただけだ」

剣一郎は穏やかに言い、

「すまないが、さっきわしを案内してくれたおすみという女中を呼んでもらえぬか。吾平のことで話を聞いてみたい」

「わかりました」

加賀屋は大きく手を叩いた。

すぐに、障子《しょうじ》の向こうで声がした。

「お呼びでございますか」

おすみの声がした。

「入りなさい」

加賀屋が声をかける。

「失礼します」

障子を開けて、おすみが部屋に入ってきた。

「おすみ。青柳さまが吾平のことでおききになりたいことがあるそうだ」

「はい」

「では、私は」

加賀屋は立ち上がり、部屋を出て行った。

「おすみ、吾平のことできききたい」

剣一郎は静かに切り出す。

「吾平がたびたび女中部屋を覗いていたそうだが、そなたはそのことを知っていたか」

「はい」

「何のために、そんな真似をしていたのかわかるか」

「いいえ」

おすみは首を横に振った。

「吾平は女中の誰かに気があって、顔を見に来たとは考えられないか」

「誰からもそんな話はありません」

おすみはきっぱりと言った。

「女中から吾平に対して非難する声はなかったのか」

「薄気味悪いと言う者もいました」

「そなたは吾平に対してどう思っていた?」

「特には」

「吾平はおまきという女中を気に入っていたようだが?」

「おまきちゃんですか」

おすみは目を細めた。

「何か」

「いえ」

「気になったことがあれば、なんでも言ってもらいたい。どんな些細《ささい》なことでもいい」

剣一郎は促す。

「おまきちゃんはまだ子どもですし、奉公が辛かったんだと思います。朝早く起きて掃除をし、朝餉《あさげ》の支度《したく》。夜も遅くまで駆けずりまわり……。そんな愚痴《ぐち》を吾平さんにこぼしていたのかもしれません。私もおまきちゃんが吾平さんと話しているのを何度か見かけたことがあります」

「おまきは奉公が辛かったのか」

「親が恋しかったのだと思います」

剣一郎はふと目の前を黒い靄《もや》のようなものが流れた気がした。

「おまきは自分でそう言ったのか」

剣一郎は確かめる。

「いえ。ですが、ときたま、おまきちゃんはふとんの中で泣いていました」

「泣いていた……」

「ええ。私も覚えがあります。奉公したての頃はおとっつあんやおっかさんが恋しくて、いつもめそめそしていましたから」

「吾平はそのことを気にして、おまきの様子を見に行っていたのかもしれないな」

剣一郎は呟《つぶや》くように言ってから、

「おまきは今はどこに？」

と、きいた。

「実家に帰っています」

「親元に？」

「はい」

「そうか。お店が燃えてしまったのだ。奉公も出来ないな」

「あの」

おすみは遠慮がちに口にした。

「吾平さんが付け火をしたことに間違いはないのですね」

「いや、まだ取調べの最中だ。なぜだ？」

「じつは火事のあと、同心の旦那や親分さんにも言わなかったことが……」

「何か」

剣一郎は何か胸騒ぎがした。

「はい。火事が起きる前、物置小屋のほうから走ってくるおまきちゃんを見たのです」

「なに、おまきを?」

「はい。それからしばらくして火事に。滅多なことは口にしないほうがいいと黙っていたんです」

「なぜだ?」

「まさかと思って……」

「そなた、おまきが火をつけたと疑ったのか」

「私の勝手な思い込みです」

「どうして、そう思ったのだ?」

「…………」

「おすみ。正直になんでも言うのだ」

「はい」

おすみはため息をつき、

「火事の十日ぐらい前、半鐘《はんしよう》が鳴ったことがあるんです。小火《ぼや》で消し止められたそうですけど、そのとき、おまきちゃんが、ここが燃えたら家に帰れるかしらと呟いたんです」

「…………」

剣一郎は思わず息を呑《の》んだ。

気づかれぬように深呼吸をして気持ちを落ち着かせ、

「なぜ、今になってそのことを？」

「吾平さんが捕まって、おまきちゃんじゃなかったとわかり、おまきちゃんを疑った自分が許せなくて……」

「そうか。苦しんでいたのか」

「はい。同心の旦那にも黙っていたことが気になっていました。口にしてさっぱりしました」

「おまきの実家は巣鴨村だったな」

「はい」

「わかった。ごくろうだった」

剣一郎と太助はおすみとともに部屋を出た。

『加賀屋』を引き上げた剣一郎は、

「これから巣鴨村に行ってもらいたい」

と、太助に頼んだ。

「わしが顔を出すと、おまきが混乱してしまうかもしれない。吾平のことを持ち出し、おまきに火事のときの様子をきいてみてくれ」

「わかりました」

永代橋を渡り、江戸橋の袂で巣鴨村に向かう太助と分かれ、剣一郎は大番屋に急いだ。


大番屋の戸を開けると、友永亀次郎が気づいて近寄ってきた。

「青柳さま」

亀次郎は少し興奮した口調で、

「吾平が付け火を認めました」

と、訴えた。

「違う。吾平ではない」

剣一郎は言い切る。

「吾平をこれへ」

「はっ」

亀次郎は仮牢から吾平を連れ出すように番人に言った。

吾平が剣一郎の前に連れ出されてきた。

「吾平。自白をしたそうだな」

剣一郎は吾平の顔を見つめる。

「へえ、わずらわせて申し訳ありませんでした。あっしが火をつけました」

吾平は俯いて答えた。

「吾平、わしの目を見てもう一度言うのだ」

剣一郎は強く言った。

吾平は顔を上げ、

「あっしが火をつけました。あの日、裏口の門はかかっていたのです。外部の者は入ってこられません。あっししかいないんです」

と、口にした。

「そなた、女中部屋を覗いていたのは、おまきの様子を見に行っていたのではないか」

「なんのことで？」

「おまきは奉公が辛く、そして親恋しさにときおり、ふとんの中で泣いていたそうだ」

「…………」

「そなたはそのことを知っていたな。だから心配になって女中部屋におまきの様子を見に行っていた。どうだ、違うか」

　剣一郎は語気強く言った。

「へえ、庭で話をしているとき、おまきちゃんは弱音を吐いていたのです。一日顔を合わせないと、そのことが心配で、つい様子を見に……」

「火事のあった日、そなたは物置小屋の近くで、誰かを見たのではないか」

「誰かって誰ですね」

　吾平は言い返すように言う。

「言わずもがなだ。そなたは、その人物をかばおうとしている。どうだ、違うか」

「違います。あっしがほんとうに火をつけたんです。五両がなくなったとき、旦那や番頭さんから疑われたことで腹の中がむしゃくしゃしていたのです。だから腹いせのために」

　吾平はうなだれた。

「吾平。付け火は重罪だ。市中引き回しの上、火あぶりの刑に処せられる」

　衝撃を受けたのか、吾平の体がぴくりとした。

「そなたは物置小屋に行ったとき、おまきが逃げていくのを見ていたのではないか」

「違います」

「それからしばらくして物置小屋が燃えだした。その火が折からの風で母屋《おもや》に移った」

「違います。おまきちゃんがそんなことをする理由がありません」

「おまきは奉公が辛いとそなたにもこぼしたことがあったのではないか。それに、親元が恋しく、夜に泣いていたのも知っていた」

「だからって、おまきちゃんが……」

「おまきは店が火事になれば親元に帰れる。ただ単純にそう考えて火をつけたのだ」

　吾平は苦しそうに顔を歪め、何かを訴えようとしたが声にならなかった。

「じつは、女中のおすみが出火前に、物置小屋のほうから走ってきたおまきを見ていたのだ」

「えっ」

「そなたが罪をかぶって、それですべてが解決すると思うのか。そなたを身代わりにしたことで、おまきは一生苦しみを背負うことになるのだ」

「おまきちゃんはまだ十三歳ですぜ。まだ子どもです。そんな子に……」

吾平はいきなり顔を上げ、

「あっしが火をつけたんです。おまきちゃんは関係ありません」

と、訴えた。

「そなたの気持ちはよくわかる。だが、おかみにもご慈悲がある」

十五歳未満の犯罪は罪に問われない。だが、おまきがしでかしたのは付け火であり、小火で済んでいればともかく、数町の家々を焼き尽くす惨事になった。なんらかの制裁は免《まぬか》れぬであろうが……。

「そなたが身代わりになってほんとうに相手は救われるのか。今夜一晩、よく考えるのだ。それでも自分がやったと言うなら、小伝馬町《こでんまちょう》の牢に送らざるを得ない」

吾平は頭を抱えてうずくまった。

剣一郎は吾平を仮牢に戻し、亀次郎を呼んだ。

「吾平はおまきという十三歳の女中をかばっているのではないかと思える」

そのわけを説明したあとで、

「明日、吾平がなんと答えるか。吾平の返答に拘《かか》わらず、おまきから事情を聞かねばならないが、十三歳だ。慎重の上にも慎重にしなければならぬ」

「わかりました」

剣一郎は大番屋をあとにし、奉行所に向かった。


奉行所に戻ると、京之進が同心詰所から飛び出してきた。

「青柳さま」

少しあわてた様子で、

「今朝、これ以上無益な取調べには応じられぬと、私が引き止めるのを無視して、多々良どのは六輔の探索に出かけてしまいました。その際、まだ調べることがあるのなら青柳さまにお出ましいただきたいと言い捨てて」

と、京之進は言った。

「わかった。明日の朝、宿にわしが行こう」

　剣一郎は答えた。

「申し訳ありません」

「いや。それより、多々良どのは未だに強気のようだな」

「はい。やはり、来嶋どのを刺したところを見ていた者がいないことが追及を鈍らせていますす」

「それは構わぬ。前にも言ったように、足止めをするのがこっちの狙いなのだから」

　京之進と別れ、剣一郎は玄関から上がり、与力部屋に行った。

　それからすぐに都合もきかずに、宇野清左衛門のところに行った。

「宇野さま」

　文机《ふづくえ》に向かっていた清左衛門が振り向いた。

「今、よろしいでしょうか」

　剣一郎は訊ねた。

「構わぬ」

　机の上を片づけ、清左衛門は立ち上がって、空《あ》いている部屋に入った。

差し向かいになってから、

「宇野さま。じつは付け火の件ですが」

と、切り出した。

「『加賀屋』の下男吾平を捕まえて取り調べておりましたが、先ほど大番屋に寄ってみたら、吾平が付け火を認めました」

「そうか。認めたか」

清左衛門は満足そうに頷いた。

「ですが、おそらく吾平ではありません」

「なに？　付け火は吾平ではないと？」

「そうです。吾平はある人物をかばっていたのです」

「それは誰だ？」

「女中のおまきです」

「そうか。好きな女子の身代わりになろうとしたのか」

「いえ、おまきはまだ十三歳です」

剣一郎は吾平とおまきの関係を説明し、おまきが火をつけた理由を話した。

「おまきが火をつけたという証はありません。ただ、女中のおすみが、出火の前に物置小屋のほうからおまきが走ってくる姿を見ていたのと、ここが燃えたら家に帰れるかしらと呟いていたこと、それにおまきを気にしていたという吾平の態度から、まず間違いないと思います」

「うむ」

清左衛門は呻いた。

「そこで、おまきへの対応です。これが小火程度で済んだものなら温情をかけることに問題はなかったでしょうが、あれだけの惨事を招いてしまいました。幸い、昼間だったので、怪我《けが》人はいても死者はいませんでしたが……」

「十五歳未満は罪に問えないが、付け火は重罪だ」

清左衛門は厳しい声で言い、

「見せしめのためにも重い罪を科するものだ。そのことからしたら、おまきもただではすまされまい」

と、やりきれないように言う。

「ただ、吾平はあくまでも自分がやったと言い張るかもしれません。その場合も、おまきを取り調べるべきかと思いますが」

「青柳どの。これは難題だ」

清左衛門は顔を深刻そうに歪めた。

「吾平が罪をかぶったとしたら、当然火あぶりの刑に処せられましょう。そうなったとき、おまきは一生苦しむことになりましょう。ですから、吾平を身代わりに処罰することは出来ません」

剣一郎も苦しそうに言う。

「ともかく、今から手を打っておこう」

清左衛門は大きく息を吐いた。

「お願いします。それから、多々良どののことですが」

「うむ」

「騒いでいるようです。明日の朝、私が会うことになっていますが、これ以上の取調べは無理かもしれません」

「そうか」

「六輔が大坂に向かったことにはまだ気づいていないようですが、いずれ話さなければなりません」

剣一郎は言ってから、

「そのことを知れば、多々良どのは怒り狂うかもしれません」

「そうよな」

清左衛門は頷き、

「今夜は戸塚《とつか》宿か」

「はい。明日は小田原《おだわら》に泊まり、明後日箱根《はこね》を越えることになりましょう。せめて、あとふつか、箱根を越えるまで足止めできれば、容易には追いつけません」

「そうだな」

清左衛門は大きく頷いた。


夕方、八丁堀の屋敷に帰ると、太助が待っていた。

多恵の手を借りて常着に着替えてから、剣一郎は太助の報告を聞いた。

「おまきは具合が悪くて寝込んでいるそうで、会うことは出来ませんでした。ただ、おまきが厠《かわや》に立ったとき、遠くから姿を見ましたが、痩《や》せて生気のない青白い顔をしていました」

「臥《ふ》せっているのか」

「はい。実家に戻ってきてから様子がおかしいと。ずっと塞《ふさ》ぎ込んでいるようです。母親の話ではあまり食べてなく、かなり痩せてきたそうです。火事がよほど怖かったのではないかと医者が言っていたそうです」

「やはり、このままではだめだな」

剣一郎は暗い顔をした。

夕餉をとったあと、居間で太助と過ごしていると、左門が勝手に上がり込んできた。

剣一郎は左門の用件に想像がついた。

左門は剣一郎の前にあぐらをかき、

「宇野さまからきいた」

と、挨拶抜きで切り出した。

「まず、おまきのことは、間違いないのだな」

「間違いない。太助に巣鴨村の実家に行ってもらったが、おまきは原因不明の病《やまい》で臥せっているそうだ」

「心労だな」

左門はやりきれないというように顔を歪ませた。

「相当苦しんでいるのだろう。救うためにも明日にもおまきを保護しなくてはならない」

「うむ」

「おまきを罰するためではなく、おまきを救うための取調べでなければならぬ。宇野さまは、そのために左門に吟味を委《ゆだ》ねようとしているのだ」

剣一郎は左門に縋《すが》るように言う。

「わかっている。さりとて、難しい吟味になりそうだ」

左門はため息混じりに言い、

「ふつうなら、火あぶりの刑が待っている。十二歳とはいえ、結果は重大であり、お咎めなしとはいかない。これを赦《ゆる》してしまえば付け火が軽く見られてしまいかねない。さりとて、十三歳の子どもにそこまでは科せられない。前例に倣《なら》えば、おまきが十五歳になるのを待って、遠島《えんとう》を申しつけるか」

「しかし、その前例だが、付け火でも小火で済んだのではないか」

おまきの場合と同じように、親元に帰りたくて火をつけた女中がいたが、発見が早く未遂で終わった。

だが、今回は被害が数町にも及び、たくさんのひとが焼け出されているのだ。未遂で終わったのと被害甚大な結果を比べて同じような量刑でよいのか。

そこに何か理屈がいる。しかし、どんな理屈が考えられるか。いや、なんとしてでも、その理屈を考えださねばならないのだ。

「幸い、吾平が身代わりを申し出ている。吾平をうまく利用出来ないか」

　左門が思いついたように言う。

「何が出来る。無辜《むこ》の者を罪には……」

「そうだが、ではこれはどうだ。死罪を申しつけた上で、恩赦《おんしゃ》によって減刑するという手もあるが……」

　左門がひねり出す。

「恩赦になりうる何かがあるか」

　剣一郎は疑問を呈する。

　将軍家の慶弔《けいちょう》などがあった場合に恩赦が行なわれるが、そのような計算は出来ない。

「難題だ」

　また左門は嘆くように言い、いきなり立ち上がった。

「邪魔をした」

「もう帰るのか」

「このことをじっくり考えたい」

「左門、頼んだ」

「ああ」

難しい顔で、左門は引き上げて行った。

太助も暗い顔で唇を噛《か》んでいた。


翌朝、剣一郎は迎えにきた京之進とともに、馬喰町の旅籠まで多々良錦吾たちに会いに行った。

旅籠の部屋で、剣一郎と京之進は錦吾たち三人と向かい合った。

「青柳さま。我らを取り調べるなどとはまったくの濡れ衣にして言語道断である。なぜ我らが仲間の来嶋征太郎を殺さねばならないのか」

「疑いは多々良どの、あなたにだけです」

「なに」

錦吾は顔色を変えた。

「そもそも、多々良どのの説明には不可解なことが多かった。どうも、六輔を殺そうとしているようにしか思えなかった。もっとも不思議だったのが、六輔が駒形町にある『堺屋』の出店に顔を出すことを、どうして多々良どのが知っていたのか。さらにいえば、本店の淀五郎はどうして六輔を江戸に追いやったのか」

「そのことはお話ししたはず。六輔が馴染みの遊女につい漏《も》らしたのだ」

「こんな大事なことを六輔が漏らすでしょうか」

剣一郎は錦吾の後方にいる坂下弥二郎と仁科富十郎に顔を向け、

「おふた方は、その遊女に会ったのですか」

と、きいた。

「いや」

ふたりとも否定する。

「私が会ってきた」

錦吾が強い口調で言う。

「六輔に馴染みの遊女がいることを誰からきいたのですか」

剣一郎は問い詰める。

「六輔の知り合いからだ」

「あなた方はその知り合いを知っていますか」

再び、剣一郎はふたりにきいた。

「いえ、知りません」

「知らないのは当然だ。私が調べたのだ」

錦吾は憤然と言う。

「あなた方は、大坂に帰ったら、そんな遊女がほんとうにいるのか確かめたほうがいいでしょう」

「どういうことですか」

弥二郎が膝《ひざ》を進めてきく。

「六輔がそんな大事なことを不用意に遊女に話すとは考えられないのです」

「でも、事実、六輔は駒形町の『堺屋』に現われました」

「それは遊女から聞いたのではありません」

「誰からだと仰るのですか」

大柄な富十郎がきく。

錦吾はいらだちを隠せず、何かを言おうしていた。その前に剣一郎は口にした。

「淀五郎です」

「淀五郎？　ばかな。淀五郎は六輔を使って佐川さまを殺した疑いがある男です。どうして、六輔の逃亡先を漏らすのですか」

「六輔の口を封じる必要があったからですよ。佐川善次郎どのを手にかけたのは、六輔でもなければ淀五郎でもない」

「やめていただこう、でまかせは」

錦吾が大声を張り上げた。

「坂下どの、仁科どの。佐川どのが受けた傷はご覧になりましたか」

「見ました」

弥二郎が答える。

「どこを？」

「腹部と心ノ臓の二カ所を匕首で深々と」

「来嶋征太郎どのの傷はどこでしたか？」

「腹部と心ノ臓です」

「下手人は同一人物です」

「ええ、六輔です」

「ふたりとも抵抗した形跡がありません。そのことを不審に思わなかったのですか」

剣一郎はふたりの迂闊《うかつ》さを責めた。

「なぜ、ふたりとも抵抗せずに刺されたのでしょうか」

「六輔は匕首の扱いに長《た》けていたのです」

弥二郎が言う。

「その目で確かめたことですか」

剣一郎は鋭く追及する。

「いえ」

「誰かから聞いたのですか」

「そうです」

「誰からでしょう？」

「多々良さまから」

弥二郎は錦吾を見た。

錦吾は剣一郎を睨《にら》みつけている。

「佐川どのを殺したのは六輔だと、どうしてわかったのですか？」

「多々良さまの調べです」

「六輔が駒形町の『堺屋』を訪ねるというのは誰が言ったのでしょう？」

「多々良さまです」

弥二郎は答えてから、

「青柳さま。多々良さまが最初から先頭に立って調べているのですから、多々良さまからいろいろと教えていただくのは当然だと思いますが」

と、訴えるような眼差《まなざ》しで言った。

今の言葉を聞いて、剣一郎はおやっと思った。錦吾が最初から先頭に立って調べていると、なぜ弥二郎はわざわざ口にしたのか。

『堺屋』の離れでのやりとりを思いだす。あのとき、剣一郎の疑問が届かなかったかと落胆したが、どうやらそうではなかったようだ。

弥二郎と富十郎は錦吾に疑惑を抱きはじめているのだ。だが、上役の錦吾を表立って問い詰めることは出来ない。そんなもどかしさを感じた。

「我らはあくまで来嶋征太郎殺しだけに目をつけています。それを解明するには佐川善次郎殺しまで調べなければならないと思っています。江戸では出来ません」

剣一郎は弥二郎と富十郎に初めから調べ直すように暗に告げた。

「青柳どの。これ以上、我らの動きを縛るなら、東町奉行所のお奉行から正式に南町に抗議をしてもらう」

「多々良どの。これもすべて、あなた方が我らに隠し事をしているからです」

「………………」

「こうしましょう。明日、またお話をしたい。それで最後としましょう。これ以上、あなた方を拘束しても何も生み出せぬゆえ」

「当たり前だ」

　錦吾は吐き捨て、

「こうしている間にも、六輔は『堺屋』から金を受け取り、遠くまで逃亡を企《くわだ》てるかもしれぬ」

　と、怒りをぶつけた。

「『堺屋』が金を払うことはありません」

「よし、行くぞ」

　いきなり、弥二郎と富十郎に声をかけ、錦吾は部屋を出て行った。

　弥二郎と富十郎は、剣一郎に会釈をして、錦吾のあとを追った。

「坂下どのと仁科どのはわかってくれているようですね」

　京之進がきいた。

「そうだ。上役には逆らえないから、あのような優柔不断な態度だが、大坂に戻ったらきっと動いてくれるはずだ」

剣一郎は期待した。

京之進と別れ、剣一郎が大番屋に向かったとき、駆けてくる太助が見えた。

「青柳さま」

太助が息せき切って駆けてきた。

「たいへんです。長次が大番屋に」

「なに、長次が」

剣一郎は大番屋に急いだ。

第四章　別れの酒

一

大番屋の土間に入ったとき、同心の友永亀次郎が近づいてきた。

「青柳さま。長次が『加賀屋』の付け火で自首してきました」

剣一郎は急いで土間の莚《むしろ》の上に畏《かしこ》まっている長次の前に立った。

「長次、どういうことだ?」

剣一郎は問いただすようにきいた。

「青柳さま。申し訳ありませんでした。『加賀屋』の物置小屋に火をつけたのはあっしです」

長次は頭を下げた。

「違う。そなたではない」

剣一郎は否定する。

「いえ、あっしです」

長次はきっぱりと言った。

「あの日、閂《かんぬき》のかかっていない裏口から庭に入り、物置小屋に近付き、頃合いを見て小屋の裏で蠟燭《ろうそく》に火をつけてからそれを……」

「長次、そなたは誰かをかばおうとしているな」

剣一郎は問いただす。

「いえ。吾平さんが捕まってからずっと苦しんできました。あっしの代わりに罪を被《かぶ》るなんて」

「吾平は付け火を認めた」

「吾平さんはあっしをかばって、罪を認めたのです」

「違う。吾平がかばおうとしたのはそなたではない。女中の……」

「青柳さま」

長次は声を張り上げた。

「違います。あっしです」

長次は一方的に続けた。

「あっしは、鋳掛《いかけ》の仕事で『加賀屋』を何度か訪れましたが、大きな屋敷で悠々《ゆうゆう》と働いている奉公人たちがうらやましくてなりませんでした。一日中江戸の町を歩き回ってもたいした金にはなりません。ですが、『加賀屋』の連中は飯をたらふく食い、暮らしも安定している。それに、あっしらを見下すような目で見る」

長次はさらに、

「火事で店がなくなれば、あっしの気持ちがわかるだろうと思いまして。それに、『加賀屋』の屋敷が炎に包まれたらすかっとするだろうと」

と、火をつけた理由を話した。

「嘘《うそ》だな。そなたはそんなことで僻《ひが》むような男ではない。第一『加賀屋』の連中をうらやむとは思えない」

「いえ、あのときはそんな気持ちになったのです」

長次は顔を上げ、

「でも、あんな大火事になるとは思わなかったんです。『加賀屋』だけが燃えて済むと。ところが折からの風で延焼して……」

と、言葉を切った。

長次は必死に自分が付け火をしたのだと訴えている。吾平を助けようとしているのではない、おまきを救おうとしているのだ。

「あっしは露月町に燃え移ったので、大事なものをとりに長屋に戻ろうとして、『末広屋』の前にやってきたとき、あの騒ぎに遭遇したのです。赤子が炎の中に取り残されている。自分の責任だと思ったとき、あっしは赤子を助けなければならないと思ったんです」

長次は剣一郎の顔を縋《すが》るように見て、

「青柳さまによくやったと褒められ、また無謀だとも叱られましたが、自分のせいで赤子を殺してはならないと必死だったのです」

「違う、そなたが炎の中に飛び込んだのは他に理由があるのだ」

剣一郎は長次の過去を気にしている。

「いいえ。自分が火を付けたことなので、あんな無謀なことが出来たんです。あの火の中に飛び込んだことが、あっしが付け火をしたという証《あかし》です」

「あの日、裏口の閂はかかっていた。そなたが庭に入り込むことは出来なかったのだ」

「いえ。もう一度、吾平さんに確かめてください。吾平さんは閉め忘れているはずです」

「そなたはおまきをかばっているのか」

剣一郎はきく。

「おまきちゃんは関係ありません」

「出火の直前、おまきが物置小屋のほうから走ってくるのを女中のひとりが見ていたのだ。おそらく、吾平も見ていた」

「………」

「そなた、吾平からそのことを聞いたな？」

「いいえ、あっしは火事のあと、医者の家で寝込んでいました。あっしが医者の家を出たときは、すでに吾平さんはどこかに行ってしまいました。あっしは吾平さんに会っていません。おまきちゃんのことを聞くはずがありません」

長次は落ち着いて反論した。

「付け火は重罪だ。火あぶりの刑だ」

剣一郎は脅《おど》し、

「それでも、自分がやったと言い張るのか」

と、迫った。

「あっしのやったことはそれだけ重いことだと承知しています」

「長次」

「青柳さま。吾平さんはあっしをかばおうとしているんです。吾平さんに確かめてみてください。吾平さんは物置小屋から逃げていくあっしを見ているはずです」

長次の覚悟のほどを知り、剣一郎は愕然《がくぜん》とした。

剣一郎は吾平に言ったのと同じことを口にした。

「そなたが罪をかぶって、それですべてが解決すると思うのか。そなたを身代わりにしたことで、おまきは一生苦しみを背負うことになるのだ」

さらに、続ける。

「現に今、おまきは実家で寝込んでいるそうだ。憔悴《しょうすい》している。罪の意識に苛《さいな》まれているのだ」

「おまきちゃんはおそらく火事の衝撃が強すぎただけで、罪の意識とは関係ありません」

長次は冷静に言い返した。

「青柳さま。どうか、おまきちゃんを疑うのはやめてください。それから、吾平さんをお解き放ちください。お願いいたします」

長次は深々と頭を下げた。

「青柳さま。長次の言っていることは筋が通っているように思えますが」

亀次郎が口を入れた。

「うむ」

剣一郎は唸《うな》って、

「吾平をこれへ」

と、言う。

番人が長次を奥の仮牢《かりろう》に連れて行き、代わりに吾平を連れてきた。

吾平が莚の上に座った。

「吾平。長次が自首してきた。どう思うのだ？」

剣一郎はきいた。

「あっしのために……」

「そなたのために？」

「あっしが捕まりさえしなければ、逃げ果《おお》せたのです。あっしのために自首してきたんです」

「そなたは長次が火をつけたと思っているのか」

「そうです」

「どうして長次だと?」

「物置小屋から逃げてくるのを見たんです。それからしばらくして火が上がりました」

「ほんとうに見たのか」

「見ました」

「そなたが見たのは女中のおまきではないのか」

「いえ。長次さんです」

「裏口の戸は閂がかかっていたと申したはずだ」

「いえ。あっしはかけるのを忘れたのです」

剣一郎は眉根を寄せ、

「では、そなたが姿を晦《くら》ましたのは?」

「あっしが疑われて取調べを受けたら、長次さんのことを口にしてしまうかもしれないので」

「なぜ、長次をかばおうとしたのだ?」

「あっしにとっちゃ、ただひとりの友だちでしたから」

「それほどまでしてかばっていたのに、なぜ今になって、物置小屋から逃げてくるのを見たと言いだしたのだ？」

「長次さんが自首してきたので」

吾平は俯《うつむ》いて言う。

剣一郎ははっとして、

「長次がここにきたときの様子は？」

と、亀次郎に確かめた。

「ちょうど、吾平の取調べをはじめたときでした。いきなり、戸を開けて入ってきて、『加賀屋』の付け火はあっしがやりましたと。それから」

亀次郎は続ける。

「裏口の門がかかっていなかったから庭に入り込んだと、一方的にまくし立てるようにいいました」

「なるほど。そなたは、その長次の声を聞いて態度を変えたというわけだな」

剣一郎は吾平にきいた。

「そうじゃありません」

「長次を身代わりにしていいのか」

「いいえ。出来ることなら助けたいです。でも、あんなだいそれたことを仕出かしたのですから……」

「そうか」

剣一郎はそれ以上踏み込むことを躊躇《ちゅうちょ》した。

深く突っ込んで、長次や吾平の話の矛盾を暴いてしまうことを恐れた。やはり、おまきのことがあるからだ。

ほんとうに長次の仕業ならば、これほど悩むことはない。

「青柳さま、どうしましょうか」

亀次郎が対応をきいた。

「長次と吾平が口裏を合わせる機会はおそらくなかった。ただ、ここに入ってきた長次が一方的に話したことだけで、吾平は何もかも呑《の》み込めたのか」

剣一郎は呟《つぶや》いて、

「いずれにしろ、長次が自首し、吾平が長次の付け火の証人になるようだ。お互いの話に食い違いがないか、改めて取り調べるのだ」

「はっ」

「それから、ふたりが示し合わせられないように吾平を別の大番屋に移したほうがいい」

「わかりました」

あとを亀次郎に任せ、剣一郎は太助の案内で、中山道を行き、巣鴨町上組から巣鴨村に向かった。


おまきの実家は巣鴨庚申塚《こうしんづか》から飛鳥山《あすかやま》に向かう王子《おうじ》道に入った途中にある百姓家だった。手拭いを頭からかぶった男が鍬《くわ》を持って出かけるところだった。

「おまきの父親です」

太助が教え、男に駆け寄って声をかけた。

「また、お邪魔します」

「おまえさんか」

男は言ってから、皺《しわ》の多い顔を剣一郎に向けた。

「南町の青柳さまです」

太助が言うと、男は目を見開き、

「また、おまきのことで？」

と、きいた。

「おまきが火事以来、憔悴していると聞いて、見舞いがてら様子を見にきた」

剣一郎は口にした。

「恐れ入ります」

男は手拭いをとり、

「おかげさまで、今日はおまきは床《とこ》を離れることが出来ました」

「おまきちゃん、少しはよくなったのかえ」

太助が驚いてきく。

「へえ、なんだか今日は気分も晴れたようで」

父親が答える。

「おまきに会えるか」

剣一郎はきいた。

「はい。少々お待ちください」

父親は土間に入って行った。

しばらくして出てきて、

「どうぞ、こちらに」

と、裏庭のほうに案内した。

障子《しょうじ》の開いている部屋に、おまきらしい娘が待っていた。まだ、あどけない顔だ。

庭先は日陰になっていて、風もあり、過ごしやすい。

剣一郎と太助は庭先に立ち、縁に出てきたおまきと会った。暗い表情だが、顔に生気があった。

「おまきか」

「はい」

「南町与力の青柳剣一郎だ」

剣一郎は名乗ってから、

「このたびはたいへんだったな」

と、話を切り出した。

「はい」

「体の具合はどうだ？」

「もう、だいじょうぶです」

俯いて言う。

「火が出たとき、そなたはどこにいたのだ？」

「勝手口にいました」

「驚いたであろう」

「はい。足が竦《すく》んで」

おまきは怯《おび》えたように答える。

不安そうな表情だが、おまきから後ろめたさのようなものは感じられなかった。

剣一郎は戸惑《とまど》いを覚えた。自分が付け火をしてあれだけの惨事を引き起こしたのであれば、罪の意識におののくはずだ。

おまきではないのか。剣一郎は愕然とした。そうでなかったら、無辜《むこ》の娘を疑ったことになる。

「青柳さま」

おまきが恐る恐るといった感じで、

「下男の吾平さんはどうなりましたか」

と、きいた。

「吾平のこと?」

「付け火の疑いで捕まったとか」

「どうしてそのことを知っているのだ?」

剣一郎はきき返す。

「お店のひとが言ってました」

「お店から誰かがやってきたのか」

「はい、昨夜見舞いに」

「そうか。吾平は付け火をしていない」

「じゃあ……」

おまきは何かを言おうとしたが、はっとしたように口を閉ざした。

「気になることがあれば、なんでも言うのだ」

剣一郎は促《うなが》す。

「いえ」

おまきは首を横に振った。

「おまき。そなたは『加賀屋』が燃えて、ここに帰ってきた。ずっと寝込んでいたようだが、火事の衝撃がそれほど大きかったのか」

剣一郎はおまきの顔色を窺《うかが》う。

「………」

おまきは俯いた。

「どうした?」

「私、奉公が辛《つら》くて家に帰りたかったのです。もし、お店が火事で燃えてなくなれば家に帰れる。そんなことを思っていて。ほんとうに火事になってしまったので、怖くなって」

おまきは打ち明けた。

「火事になればいいと思ったのか」

「はい」

おまきは苦しそうに顔を歪《ゆが》めた。

「私があんなことを思わなければ火事にならなかったのにと思うと、胸が塞《ふさ》がれて」

おまきからは付け火をしたという罪の意識は、やはり感じられない。やっているのにやっていないとごまかせるほどの強《したた》かさが十三歳の娘にあるとは思えない。

「おまき、火事はそなたの思いとは関係ない。だが、どんなに辛くても逃げてはだめだ。逃げては悪いことが追ってくる」

剣一郎は諭《さと》した。

「はい」

「お店が再興したら戻るのだ」

「戻ります。今度は泣き言を口にしません」

「そうだ。それを聞いて安心した」

剣一郎は微笑《ほほえ》み、

「では、わしは引き上げる」

剣一郎は父親にも挨拶《あいさつ》をして来た道を戻って行った。

中山道に入ってから、太助が口にした。

「昨日はあんなに憔悴していたのに」

「そんなに違うか」

「はい」

剣一郎は不審に思いながら帰途についた。

二

昼八つ（午後二時）過ぎ、剣一郎は大番屋に戻った。

亀次郎は座敷の上がり口に腰を下ろして茶を飲んでいた。

立ち上がって、剣一郎を迎えた。

「吾平は南茅場町《みなみかやばちょう》の大番屋に移しました」

まっさきに、亀次郎が言った。

「うむ。で、長次はどうだ?」

剣一郎はきく。

「長次の話は一貫しています。それと、付け火の方法ですが、長次は蠟燭を使ったと言っています。火元の調べでも、溶けた蠟が見つかりました。公《おおやけ》にしていない蠟のことを長次が口にしたのです」

「本人しか知り得ないことか」

剣一郎は確かめるようにきく。

「そうです」

「『加賀屋』は蠟燭問屋だ。そこから想像したのではないか」

「いえ、自信なさげな言い方ではなく、はっきりと口にしました。吾平の目撃談からしても、もはや長次の仕業と考えてよいのではないかと」

長次と吾平には口裏を合わせる機会はなかったはず。したがって、ふたりがつるんでいるとは考えられない。

「わしはおまきを疑ったが、どうやら思い違いだったようだ。そなたに任せよう」

「はい。では、吾平を解き放ち、長次の入牢証文をとります」

「いいだろう。ただし、吾平には吟味の場に証人として出てもらわねばならない。居場所をはっきりさせるように」

「わかりました」

「ちょっと長次に会いたい」

剣一郎は頼んだ。

「連れてまいりましょうか」

「いや、取調べではないから奥に行ってもいいが」

「いえ。連れてきます」

「そうか。ではそうしてもらおうか」

長次とのやりとりを亀次郎にも聞いてもらったほうがいいと思った。

やがて、長次がやってきた。

莚の上に畏まった長次に、剣一郎は腰を落として声をかけた。

「わしは、そなたが赤子を助けるために炎の中に飛び込んでいった姿を今でもまざまざと思いだすことが出来る」

「あのとき、青柳さまによくやったと褒められて、あっしはどうしていいかわかりませんでした。自分がしでかしたことですから」

長次は自嘲した。

「いや、わしの目にはそなたの行ないは崇高に思えた」

「あっしのやることはそんな崇高なものじゃありません」

「いや。そなたの鋳掛屋の師である梅蔵から聞いた。川の濁流に呑まれた子どもを、そなたは飛び込んで助けたそうではないか」

「…………」

「そのときも、誰もが為す術《すべ》もなくただ見ているだけだった。それなのに、そなたは川に飛び込んだ。誰もが無謀だと思っただろう」

「青柳さま。梅蔵さんが大仰に言っているんです。そんな濁流ではありませんでした」

「いや、梅蔵は誇張してはない。炎の中に飛び込んでいったのと同じだ。わしは、そなたがどうしてそこまでして子どもの命を助けようとするのか、そのわけが知りたいのだ」

「炎の中に飛び込んでいったのは、あっしが火をつけたからです」

長次は頑《かたく》なに言う。

「大事に持っていた位牌《いはい》は誰だ？」

「前にもお話ししたと思いますが、昔世話になったお方です」

「位牌はふたつ。ひとつは子どものではないのか」

「…………」

はじめて長次は表情を曇《くも》らせた。

「やはり、子どもだな。そなたの子か」

「違います」

長次は消え入りそうな声で言う。

剣一郎は長次の顔を見つめ、

「なぜだ？」

と、きいた。

「なぜ、自首した？　誰を守ろうとしているのだ？」

「誰も守ろうとはしていません」

長次はまっすぐ目を向けて答える。

「付け火がどれほどの罪かわかっているのか」

「やったことの報いを受けるのは当然です」

長次は覚悟を見せた。

「長次」

剣一郎は口調を改めた。

「わしはそなたに感謝をしている」

「……？」

「燃え盛る家の中に赤子がいるとわかっても、わしは何も出来なかった。だが、そなたが炎の中に飛び込んで行った。そなたが飛び込んだあとも、なぜ引き止めなかったのかと、わしは自分を責めた。だが、そなたは無事に赤子を救い出した。助けてくれた。あれによって、わしも救われたのだ。そなたがいなかったら、わしはこのことで苦しみを背負うことになったかもしれない」

「もったいないお言葉です。青柳さまの今のお言葉はあっしにとっちゃどんな宝物にも勝ります。これで、もう思い残すことはございません」

長次は目尻を濡らして言う。

「長次、もっとそなたと語り合いたいが、それもままならぬ」

「もし赦《ゆる》されるものなら、最期の日に、青柳さまとお話がしとうございます」

「うむ。わかった」

剣一郎は頷き、立ち上がった。

長次が仮牢に戻ったあと、剣一郎は亀次郎に向かい、

「あとは任せた」

と言い、大番屋を出た。

それから、剣一郎は楓川《かえでがわ》沿いを京橋《きょうばし》のほうに向かい、楓川にかかる海賊橋《かいぞくばし》を渡って、南茅場町にある大番屋に行った。

大番屋ではすでに吾平を解き放つ支度が整えられていた。

吾平は莚の上に座っていた。手首には縄はなく、自由の身になっていた。

当番方の若い同心が吾平の面倒を見ていた。

「請人として『加賀屋』の番頭が迎えにくるのを待って解き放ちをするように、友永さまから言われています」

若い同心は剣一郎に言う。

「吾平と話がしたい」

「はっ。どうぞ」

　剣一郎は吾平の前に立って呼びかける。

「吾平」

「へい」

「今、長次に会ってきた」

　剣一郎は切り出す。

「すっかり覚悟を固めており、すっきりした表情をしていた」

「そうですか」

「そなたは、なぜいったん罪を認めたのだ?」

「疑《うたぐ》られて、もう逃げられないだろうと思いまして」

　剣一郎は吾平の目を見つめ、

「事実は別にして、そなたは付け火が女中のおまきの仕業だと思っていたのではないか」

　と、きいた。

「違います」

「ほんとうに長次の仕業だと思っていたのか」

「そうです」

「疑われているのに、なぜほんとうのことを言わなかったのだ？　あまつさえ、自白まででした。それほど長次を助けたかったのか」

「あっしの一言で、長次さんが火あぶりの刑になるかもしれないと思うと口に出せなかったんです。一生、悔いを残すと思って」

「しかし、実際に付け火をしたならその報いを受けるのは当然だ。そなたが、悔やむことではない」

「いえ、鋳掛屋と下男という関係でしかありませんでしたが、なんだか気が合って。そんな男を売るような真似はしたくなかったんです」

「自分が火あぶりの刑になってもか」

「……はい」

吾平は小さく頷いた。

「しかし、長次が自首してきたとき、そなたはあっさり供述を翻《ひるがえ》した。なぜ、もっと長次をかばおうとしなかったのだ？」

「長次さんは覚悟を決めて自首してきたのです。それがわかったから、あっしは素直にほんとうのことを言おうとしたのです」

「大番屋に現われた長次は、戸を開けて入ってきて、いきなり『加賀屋』の付け火はあっしがやりましたと。それから、裏口の閂がかかっていなかったから庭に入り込んだと、一方的にまくし立てたということだ」

「はい」

「それから、そなたは閂をかけ忘れたかもしれないと言いだした」

「ええ、長次さんの言葉で、はっと思いだしたんです」

「わしには、長次がそなたに、裏口の閂がかかっていなかったことにすると教えたように思えるが」

「そんなことありません。仮にそうだったとしても、あっしには意味がわかりませんよ。だって、火事があって以来、あっしは長次さんと会っていないんですから」

「うむ」

そのことが剣一郎の推測にとって一番の弱点だった。

「長次は小伝馬町の牢に送られ、やがて吟味がはじまる。そなたは証人として吟味与力のお白州《しらす》に呼ばれるであろう。そこで、長次が付け火をしたことをはっきり言えるのか」

「はい。ほんとうのことを申し上げます」

「わかった」

そのとき、戸が開いて、『加賀屋』の番頭が入ってきた。

剣一郎は吾平の前を離れた。


剣一郎は大番屋から奉行所に戻った。

待っていたように、見習い与力がやってきて、

「お戻りになったら、宇野さまのところにとのことでございます」

「わかった」

剣一郎は年番方与力の部屋に急いだ。

「宇野さま」

剣一郎は文机《ふづくえ》に向かっている清左衛門に声をかけた。

「おう、青柳どの」

清左衛門は待ちかねたように、空《あ》いている部屋に行き、

「長谷川どのが多々良どのに、六輔が大坂に帰ったことを漏らしてしまった」

と、怒りを滲《にじ》ませて言った。

「では、多々良どのは？」

「これから江戸を発《た》つそうだ」

「これから出立を？」

「無理をしてでも六輔に追いつこうとしているようだ」

「そうですか」

剣一郎は首をひねった。

「どうかしたか」

「江戸を発つ前に、私に恨み言のひとつでも浴びせていくと思っていたので」

「六輔を追いかけるほうに気が向かっているのだろう」

「そうでしょうね」

「まことに、長谷川どのというのはどっちの味方か」

清左衛門はいきり立った。

「仮に追いつかれても、新兵衛がいるので心配いりません。それに、坂下どのと仁科どのも多々良どのに疑いを抱きはじめています」

剣一郎は安心させるように言った。

「そうか」

清左衛門はほっとしたように表情を和《やわ》らげたが、すぐ顔をしかめ、

「多々良どのは長谷川どのに、南町の悪態をこれでもかとついたらしい。特に青柳どののことはさんざんだったと、長谷川どのはうれしそうにわしに話した」

「では、だいぶ溜飲《りゅういん》が下がったでしょうね」

剣一郎は苦笑した。

「ああ、まったく困った御仁だ」

清左衛門は憤然とする。

「仕方ありません。多々良どのをいつまでも足止めしているわけにはいかなかったのですから」

「あとは新兵衛に託そう」

清左衛門は気持ちを切り換えて言った。

「宇野さま」

剣一郎は膝《ひざ》を進め、

「付け火の件で、長次が自首してきました」

と、告げた。

「なに、長次とな」

「はい。炎の中から赤子を救い出した男です」

剣一郎は自首してきた経緯を説明した。

「おまきという十三歳の女中を助けるために、身代わりになろうとしているのか」

清左衛門が言う。

「じつはおまきに会ってきたのですが、焼け出された恐怖のようなものは感じられましたが、自分が火をつけたという後ろめたさはありませんでした。やったことをとぼけるふてぶてしさは、十三歳のおまきにはありません。それに」

剣一郎は息継ぎをして、

「長次は赤子を助けたあと、医者の家で養生をしていました。その間に、吾平は姿を晦ましてしまったのです。ふたりが会う機会はなかったのです。ですから、長次は付け火の疑いで吾平が捕まったこと以外は知らないはずなのです」

「吾平が長次の見舞いに行ったということは？」

「ありません」

「じゃあ、吾平を助けるために？」

「いえ。長次が吾平の身代わりになる理由はないと思います」

「すると、ほんとうに長次が付け火をしたということか」

「そうなります」

剣一郎は言ってから、

「しかし、私は長次が付け火をしたとは思えないのです」

「なぜだ？」

「炎の中に飛び込んでいった姿を目《ま》の当たりにしているからです。長次は自分が引き起こした火事で、赤子が犠牲になるのはいたたまれなかったと言っていましたが、付け火をした男が命を懸けて赤子を助けようとしたとは思えないのです」

剣一郎は訴えたが、自分でも虚《むな》しい叫びだと思った。

おまきが付け火をしたのなら、長次は身代わりを買って出るかもしれない。しかし、長次はおまきが火をつけたかもしれないことを知らなかったのだ。

そう思ったとき、剣一郎ははっとした。ほんとうに知らなかったのだろうか。

長次が吾平と会う機会はなかったか。

「青柳どの。これで難題を背負わずに済んだ」

清左衛門が安心したように口にした。

十三歳のおまきを裁かねばならないことから解放されたのだ。しかし、剣一郎はあることに思いが向かい、胸が塞がれそうになっていた。

三

奉行所を出ていったん屋敷に戻り、すぐ出かけた。

そして、半刻（一時間）後、剣一郎は本所の石原町にやってきた。

辺りはすでに暗くなっていた。『守田屋』の表戸は閉まっていたので、剣一郎は潜り戸を叩いた。

しばらくすると音がして戸が開いた。

「これは青柳さま」

又吉が驚いて言う。

「夜分にすまぬ」

剣一郎は土間に入った。

「どうぞ、お上がりください」

「いや、ここでいい。確かめたいことがある」

「なんでしょう」

「鋳掛屋の長次を知っているな」

剣一郎は決めつけるように言った。

「いえ」

又吉は即座に否定した。

「ほんとうか」

「はい」

「吾平は長次から聞いてここに来たのではないのか」

剣一郎は又吉の表情を窺う。

「申し訳ございません。私には何のことかわかりかねます」

又吉は首を横に振る。

「吾平は誰に聞いたのだ?」

「私にはわかりません」

「いきなり訪ねてきたのだ。吾平は誰それから聞いてやってきたと口にしたはずだ」

『加賀屋』の庭で鋳掛の仕事をしているとき、長次は吾平と親しく話をしたという。そこで、何かあったら『守田屋』の又吉を頼るようにと言っていたのではないかと、剣一郎は思ったのだ。

火事以降、長次と吾平は会う機会はなかったというが、長次は医者の家を飛び出した夜、又吉のところに行ったのではないか。

そこで、長次と吾平は会っているのだ。

「確かに、逃げる途中に出会った男から聞いたと言ってました。でも、吾平さんもそのひとの名前も聞いていません。ですから、私も知るはずありません」

「では、誰から聞いたかもわからないのに、吾平を匿《かくま》ったというのか」

「はい。ともかく疲れているようでしたので、部屋に上げました」

「そのときにはすでに六輔がいたな」

「はい」

「六輔はわしには貸間ありの張り紙を見てと言っていたが、それは嘘だった。六輔はどうしてここに来たのだ？」

「誰かから聞いたのだと思います」

「誰だ？」

「さあ」

又吉はとぼけた。

「では、吾平がここにいるとき、吾平を訪ねて誰かこなかったか」

「いえ」

「そうか」

ほんとうのことを口にしていないと思ったが、これ以上又吉を追及しても無駄なような気がした。

「長次は今朝、自首してきた。付け火だ」

剣一郎は話した。

「付け火は重罪であり、火あぶりの刑と決まっている」

「……それでは吾平さんの疑いは晴れたのですね」

火あぶりになるかもしれないという長次に思いは向かわず、又吉は吾平を気にした。

「うむ、すでに解き放ちになったであろう」

「それはよかった」

吾平のことを喜んだが、長次のことに触れなかったのは、長次を知らないからとは思えなかった。

「また来る」

剣一郎は声をかけ、『守田屋』を出た。

来た道を戻り、剣一郎は回向院《えこういん》前から竪川《たてかわ》に向かい、一ノ橋《いちのはし》を渡った。

右手に御船蔵の堀が続き、左手の家並みが途切れ、寺の門前に差しかかった。

辺りは暗く、夕涼みのひとの姿も見えなかった。

その寺の門から黒い影がいきなり飛び出して、剣一郎に向かってきた。黒覆面の侍で、月明かりに白刃が光った。

剣一郎は素早く抜刀して相手の剣を弾《はじ》いた。相手は続けざまに鋭い剣で斬りかかってきた。

剣と剣がかち合うたびに火花が散った。激しい攻撃をかわしながら、剣一郎は相手を徐々に圧倒していく。相手が最後に斬り下ろしてきた剣を受け止め、剣一郎は鍔《つば》迫り合いに持っていき、覆面の中の顔を見ようとした。

相手はそれを嫌ったのか、剣一郎を渾身《こんしん》の力で押し返し、さっと離れて後ろに大きく飛び退《の》いた。

そして、改めて正眼《せいがん》に構えた。剣一郎も正眼に構えをとった。相手がじりじり間合を詰めてきた。さっきちらっと見た覆面の中の目元は多々良錦吾に間違いなかった。

「多々良どの」

剣一郎は声をかけた。

相手の動きが止まった。

「やはり、あなたはそのまま江戸を発つことは出来なかったのですね。私への恨みをはらさなければ気がすまない性分だろうと思っていました」

「なんだと」

錦吾が呻《うめ》くように言う。

「屋敷を出てからずっとつけられていることに気づいていました。永代橋を渡って大川沿いを北上しても襲ってこない。回向院前辺りから尾行がなくなった。おそらく、待ち伏せするつもりだと思い、来た道を同じように戻ってきたのです」

「我らの頼みを素直に聞いてくれればよかったものを」

錦吾はうらめしげに言う。

「悪事に加担は出来ない」

剣一郎は切り捨て、

「しかし、こんな真似《まね》をしたのは自分の悪事を打ち明けたも同然」

「そう、佐川善次郎を殺したのは私だ」

「なぜ?」

「東町奉行所の筆頭与力の塩村《しおむら》さまは『堺屋』の淀五郎とつるんでいた。『堺屋』の有利なように法を運用し、商売敵《がたき》は策略を設けて取り潰《つぶ》した。佐川はそのことに気づき、調べはじめたのだ。私は塩村さまの下で働いていたから……」

「六輔をだまして下手人に仕立て、さらに口封じまでしようとした。来嶋どのも多々良どのに疑いを持ちだしていた……」

「青柳さまが抱いたのと同じような疑問を持ちだした。だから、殺《や》らざるを得なかった。青柳さまさえいなければ、すべてうまくいっていた……」

錦吾は八相《はっそう》に構え、

「この上は青柳さまを斃《たお》し、大坂にとって返す」

と言うや、裂帛《れっぱく》の気合とともに突進してきた。剣一郎は十分に引きつけ、相手が間近に迫るのを待って足を踏み込み、脇をすり抜けた。

あっと呻き、錦吾は数歩前に進んでくずおれた。

刀を鞘《さや》に納めたとき、駆けてくる足音が聞こえた。

駆け寄ってきたのは坂下弥二郎と仁科富士郎だった。

弥二郎は剣一郎とうずくまっている錦吾を交互に見て、

「多々良さまの姿が見えなくなり、もしやと思い、青柳さまのお屋敷に行ってみました。青柳さまはお出かけになったとお聞きし……」

と、説明した。

「多々良どのはすべてを語ってくれた。東町奉行所の筆頭与力の塩村さまと『堺屋』の淀五郎がつるんで不正を働いていたそうだ」

「わかりました」

弥二郎は頷き、

「多々良さまの身柄を我らにお預けいただけましょうか」

「東町奉行所の不正の解明には多々良どのが欠かせまい。任せましょう。しかし、ふたりで多々良どのを大坂まで連れていけるか。途中、何があるかわからない」

一番の懸念は多々良錦吾が自害をすることだ。

「じつは来嶋さまが多々良さまに内密で、東町奉行所に応援の者の派遣を要請する文を送っていました。じきに到着すると思われます」

「いや、もし塩村さまの息のかかった者たちだったら厄介《やっかい》なことになる。南町から警護の者を出すようにとりはからおう」

「なにからなにまで」

富十郎が頭を下げた。

「多々良どのの身柄はどうするか。南町で捕らえて大番屋に留め置いてもいいが」

剣一郎はふたりに意見を求めた。

「多々良さまを大番屋に留め置くのは忍びありません。我らが責任をもって見張ります」

「わかった。あと数日で、六輔も大坂に着こう。そこに、そなたたちが多々良どのを連れて加われば、いっきに事件は解決するはず」

剣一郎はあとの始末を弥二郎と富十郎に任せ、八丁堀の屋敷に帰った。


太助が待っていた。

「青柳さま」

「どうした、何かあったのか」

太助の表情が曇っていたので、剣一郎は気になった。

「昨日の今日でおまきが別人のようだったのがどうしても気になって、また巣鴨村に行ってきました」

　太助は訴える。

「父親に、昨夜、見舞いにきたお店のひとは誰だったのかきいたところ、三十半ばで、鼻が高く、色の浅黒い引き締まった顔だちの男だったと」

「三十半ばの色の浅黒い男だと？」

　剣一郎は耳を疑った。

「あっしもまさかと思いましたが、長次です」

「長次がおまきに会いに行ったのか」

「はい。その男が引き上げたあと、おまきの様子が変わったと。何か憑《つ》き物がとれたようになったと」

「男がおまきに何を話したのか、父親はわからないのだな」

「わかりません。で、あっしはおまきに会いました。そして、その男は長次ではないかとききました。しかし、おまきは黙っていました」

　剣一郎は深くため息をついた。

「やはり、長次はそこまで気づかっていたのだ」

「自分が火をつけたと言うためですね」

「身代わりになると思わせないような言い方をしたのだろう。物置小屋に火をつけようと庭に入り込んだら、おまきが去って行くのを見たとあえて言ったのではないか。だが、おまきがつけたはずの、物置小屋の裏の蠟燭は倒れて火が消えていたと。長次は改めて持ってきた蠟燭に火をつけた……。だから、あの火事はおまきのせいではないと訴えたのだ」

剣一郎は長次の声が聞こえてきたような気がした。

「だから、おまきちゃんは後ろ暗い思いから解放されたのですね」

太助は驚いたように言う。

「そうだ。付け火のほんとうの下手人である自分が、これから自首する。そうすれば、吾平の疑いも晴れると言ったのだろう。おまきは吾平が捕まったことでも心を痛めていただろうからな」

「長次はおまきのことまで手を打って自首を……」

太助は感心した。

「そうだ。長次はおまきの心まで助けようとしたのだ」

剣一郎もそこまでした長次に感服するしかなかった。

だが、それが事実だとしたら、長次は無実のまま刑を受けることになる。それも残酷な火あぶりの刑だ。

おまきに真実を話せば、動揺し、混乱してなにもかも打ち明けるかもしれない。そうなれば、長次は助かるが、おまきを裁かなければならなくなる。

「太助、今の話は他言ならぬ」

「はい」

太助は厳しい顔で答えた。


翌日、剣一郎は出仕してすぐに宇野清左衛門に会い、昨夜の多々良錦吾との件を話し、坂下弥二郎と仁科富十郎に大坂まで警護の者をつけることを伝えた。

それから、剣一郎は奉行所を出て、大番屋に向かった。

大番屋では、亀次郎が長次を小伝馬町の牢に送るところだった。

長次を仮牢から引っ張りだし、

「これから小伝馬町の牢屋敷に送る」

と、長次に告げた。

「へい」

長次は素直に頭を下げた。

「長次」

剣一郎は声をかける。

「そなた、自首した日の前夜、おまきに会いに行ったそうだな」

「…………」

「これから奉行所で吟味が行なわれる。もしもだ」

剣一郎は間をとり、

「気が変わり、助かりたいと思ったら吟味与力に訴えるのだ。おまきのことはわしが必ず守るから」

「へえ、ありがとうございます。ですが、自分がしでかしたことの後始末は自分でつけたいと思います」

長次は落ち着いた口調で言う。

「牢内では過酷な日々を送らねばならない。気をつけてな」

そう言い、剣一郎は長次から離れた。

亀次郎は奉行所の小者たちに長次の縄尻をとらせ、小伝馬町に向かった。

それから、剣一郎は心の晴れない日々を過ごすことになった。

数日後の夜、濡縁《ぬれえん》に腰を下ろして暗い庭の紫陽花《あじさい》に目をやっていると、多恵が声をかけた。

「おまえさま。何か思い悩むことでも」

「いや」

「でも、屈託が顔に出ています」

剣一郎は苦笑し、

「太助は何も言っていなかったか。太助にもきいたのだろう?」

「ききました。でも、太助さん、何も言ってくれません。きっとおまえさまの口止めを守っているのでしょう」

「そうか。太助はそなたにも黙っていたか」

「はい。何か大事なことですか」

「わしはなにより真実が大事だと思ってきた。いや、今もそう思っている。だから何があっても真実を明らかにしてきた。今、その信念が……」

あとの言葉を呑んだ。

思えば、あの火事のときもそうだ。燃え盛る炎の中に長次が飛び込んで行った。誰もが無謀だと思った。剣一郎も長次を阻止しなければならないと思った。

だが、行かせたのは、赤子が取り残されていたからだ。万に一つでも助けることが出来たらと思ったのだ。

結果的には雨のおかげもあったが、長次は無事に赤子を助けた。もし、救出に失敗していたら、悔いを残しただろう。なぜ、長次を引き止めなかったのかと。

その長次は今度は十三歳の娘を助けようとしている。しかし、長次は助からない。唯一、長次を助けることが出来るとしたら剣一郎だけだ。だが、長次を助けたら、おまきが裁かれることになるのだ。

「おまえさま」

多恵が声をかけた。

思わず、呻いていたようだ。

「だいじょうぶだ」

剣一郎は呟いたが、また思いは長次に向かった。いよいよ明日から長次の吟味がはじまるのだ。

それは死出の旅立ちの儀式でしかない。何も出来まい。なんらの解決策を見出せない己の無力さに歯嚙《が》みをしていた。

そんな剣一郎の横に、多恵は黙って見守るように座っていた。

四

翌朝、小伝馬町の牢屋敷から取調べのために罪人たちが奉行所に連れられてきた。

剣一郎は取調べの順番を待っている長次に会うために、門を入って左手にある仮牢に出向いた。

長次は仮牢内で、静かに座っていた。目を閉じている。穏やかな表情だった。この世のあらゆる束縛から解き放たれ、やすらぎを得ているようにも思えた。

声をかけることも出来ず、剣一郎は引き上げた。

その夜、橋尾左門が屋敷にやってきた。

いつもと違い、厳しい表情で、

「長次の取調べは順調だ。本人は素直に自供をし、証人の吾平の証言とも矛盾することもない」

と、切り出した。

「付け火にいたる理由については理解しがたいところがあるが、長次の仕業で間違いないだろう」

「そうだろう。長次はすべて手を打ってある」

　剣一郎はため息をついた。

「だが、俺の長年の勘《かん》だが、長次はやっていないと思う」

　左門は口にした。

「長次には焼け出された者たち、財産を失った者たちへの許しを乞《こ》う思いが足りない。そなたは、長次はすべて手を打ってあると言ったが、付け火をした者にはなりきっていない。もっとも今のは、俺の勝手な考えだ」

「そのことも追及するのか」

「どんな些細《ささい》な疑問でも、調べる。だが、今回はしない」

　左門は言い切った。

「なぜだ？　真実が隠されているかもしれぬのだぞ」

「なぜか、俺の目には長次が崇高なものに見えるのだ。大仰ではなく、長次が仏に思える。そなたからおまきのことを聞いているからだが」

「つまり、長次は身代わりで無実の罪をかぶろうとしているが、あえて長次の訴えを受けとめると？」

剣一郎はあえて言う。

「これは人智を超えたことなのだ」

「人智を超えたことか……」

剣一郎は呟いた。

「我らの判断するところではない。長次の自供を素直に受け入れるべきだ」

「あの火事で赤子を助け出したときから、長次は仏になったということか」

「そうだ。俺は長次を仏としてみる」

怒ったように言い、左門は立ち上がった。


吟味与力橋尾左門による吟味は三日ごとに行なわれて三回で終わり、最後にお奉行が取り調べ、無事に済んだ。

お奉行のお白州でもついに長次は助けを求めなかった。

裁きは、市中引き回しの上に火あぶりであり、お奉行は書類を持って登城し、まず老中に提出し、それから将軍の裁可を求める。

将軍の裁可が下ったのは、長次が自首してから約ひと月後のことだった。

すでに暦は七月になっていた。

お奉行が刑の執行を明日の七月四日と決定した日に、大坂から作田新兵衛が帰ってきた。

年番方与力の部屋の隣の座敷で、剣一郎は清左衛門とともに新兵衛から話を聞いた。

「六輔の自訴により、佐川善次郎どの殺しは多々良どのと『堺屋』の淀五郎の仕業と明らかになり、その後、坂下弥二郎どのと仁科富十郎どのが多々良どのを連れて戻り、多々良どのの自供により、筆頭与力の塩村さまの悪事が暴かれることになりました」

「多々良どのがすべてを自白したのか」

「はい。多々良どのが喋《しゃべ》らなければ、塩村さまはしらを切り通すところでした」

「そうか。多々良どのが……」

剣一郎は感慨深く言う。

「ともかく、よくやってくれた」

清左衛門は新兵衛を讃《たた》えた。

「はっ」

新兵衛は頭を下げたあと、

「多々良どのが青柳さまによろしくお伝えをと」

と、口にした。

「うむ」

「そうそう、六輔からも言伝《ことづ》てが」

「六輔から？」

「はい。青柳さまに感謝を述べたあとで、嘘をついていたことを謝りたいとのこと。石原町の『守田屋』は鋳掛屋の長次から教えてもらったそうです」

「なに長次から？」

「大坂から江戸まで逃げてきて、京橋で佇《たたず》んでいたとき、長次から声をかけられたそうです。旅人が途方に暮れていると思い、声をかけてくれたようで。大坂からの追手が迫っていると話すと、長次は『守田屋』まで連れて行ってくれたそうです」

「そうだったか。六輔と長次にそんな因縁《いんねん》があったのか」

長次と又吉は知り合いなのだ。

「新兵衛、よく知らせてくれた」

剣一郎は声をかけて、このあと、清左衛門とともに長谷川四郎兵衛に報告に行くという新兵衛と分かれ、剣一郎は奉行所を出た。


半刻（一時間）後、剣一郎は石原町の『守田屋』に来ていた。

庭に面した部屋で、又吉と差し向かいになった。

「六輔は大坂東町奉行所に自首した。もとより、六輔は『堺屋』の主人に騙されて下手人に仕立てられただけだ。すぐ解き放ちになり、母親と妹にも危害はなかったそうだ」

「それはよございました」

又吉は喜んだ。

「じつは、六輔が『守田屋』に匿ってもらったきっかけを教えてくれた。鋳掛屋の長次だそうだ」

「そうです。長次が連れてきました」

又吉はあっさり認めた。

「吾平もそうだな」

「ええ、吾平はひとりでここにやってきました。何かあったら、『守田屋』を頼ったらいいと長次から聞いていたそうです」

「長次の処刑は明日だ」

「……そうですか」

　間があって、又吉はしんみりと答えた。

「そなたは昔の長次を知っているな。長次について教えてもらいたい」

「長次は駿府《すんぷ》の出です。子どものときに親に捨てられ、盗みやかっぱらいなどをしてきた男です。十五年前、府中《ふちゅう》の質屋に仲間三人で押し入り、主人夫婦と番頭を殺し、金を奪って火を放ちました。そのとき、長次は太股に火傷を負ったそうです。仲間ふたりは捕まり死罪になりましたが、長次は逃げ延び、浜松の小さな商家に名を偽って住み込んだんです」

　又吉は続ける。

「半年ほどしたあと、正体がばれて追手が迫り、また逃亡しました。あちこち逃げ回っていて空腹と疲れから行き倒れになりかかったところを巡礼の母娘に助けられた。その母親が持っていた金に目がくらみ、母娘を殺し、秋葉の火祭りの人出に紛《まぎ》れ込んで秋葉山の秋葉神社に逃げ込み、そのまま追手を振り切って、姿を晦ましたのです。それが十年前、長次が二十五歳のときです」

「ずいぶん詳しいが、長次から聞いたのか」

剣一郎は確かめる。

「あっしは駿府の町奉行所の与力どのの下で働いていていました。ずっと長次を追っていたのです」

「そなた、岡っ引きだったのか」

剣一郎は驚いてきき返す。

「はい。あっしはずっと長次を追っていたんです。それから二年後、長次が小田原にいるらしいことがわかり、あっしは小田原に行きました。港で沖仲仕《おきなかし》になっていましたが、あと一歩のところで逃げられました。江戸に向かったことがわかり、あっしも江戸に」

又吉は息継ぎをし、

「江戸では、あっしがお目溢《めこぼ》しをしてやった盗人が堅気になって商売をしていたんです。そこに厄介になりながら、長次を捜しました。そして、長次らしき男に日傭《ひよう》取りの仕事を世話したという口入れ屋を見つけました。とうとう長次を捕まえることが出来る。あっしは胸が躍《おど》りました」

「質屋の押し込みから八年ぐらい経《た》っていたか」

「はい。その日は、激しく降り続いた雨が止《や》んだので出かけました。神田川は氾溢しそうなほど水嵩《みずかさ》が増し、濁流は凄《すさ》まじかった。川岸にひとが集まって騒いでいました。子どもが濁流に呑まれてしまったんです。そのとき、男が川に飛び込んだんです。男は溺《おぼ》れている子どもを抱き締めたまま流されながら、橋桁《はしげた》にぶつかって止まり、そこから岸に上がってきました。それが長次でした」

「そうか、そなたもその現場に立ち合っていたのか」

剣一郎は本郷の鋳掛屋の梅蔵の話を思いだしていた。

「あっしは怪我《けが》をして長屋で養生している長次に会って驚きました。質屋に押し込んでひとを殺し、さらに巡礼の母娘を殺した残虐な男とは別人でした」

そのときの衝撃を思いだしたように、又吉は大きく息を吐き、

「長次は素直に罪を認めました。でも、あっしは長次にお縄をかけることが出来なかった。目の前にいるのはひと殺しの長次ではなく、濁流から子どもを救った男なのです」

「しかし、質屋の主人夫婦、巡礼の母娘の無念はどうなるのだ?」

剣一郎はあえてきいた。

「へえ、あっしは悩みました。八年間、ずっと追い続けてきた男です。仰《おつしや》るように、あっしをそこまで突き動かしたのは質屋の主人夫婦、巡礼の母娘の無念で

す。あっしの中の長次は悪鬼のごとき男でした。必ず捕まえ、獄門台に首を晒《さら》してやる。その思いがやっと叶う。それなのに長次は……」

又吉は声を詰まらせた。

「あっしは何度も殺された質屋の主人夫婦、巡礼の母娘の無念を思いだし、長次を捕まえようとしました。自分は十手《じって》持ちだ、と何度も言いきかせた。でも、出来ませんでした。そして、考えついたのは十手をお返しすることでした」

又吉は目をしばたたいた。

「ちょうど、『守田屋』の主人が体調を崩し、店を続けられなくなったというので、引き継ぐことにしたんです。じつは、長次を追って駿府を留守にしている間に、嬶《かかあ》が男をこしらえて出て行ってしまったんで」

又吉は自嘲ぎみに言う。

「そうか。そなたも長次によって人生を狂わされたか」

剣一郎は哀《あわ》れんだ。

「いえ。そうは思っていません。生まれ変わった長次に会えて、今はかえって清々しさを覚えています」

「そうか。それはよかった」

剣一郎は又吉の目の輝きを見て思わず呟いたが、

「それにしても、長次はどうして変わったのだ？　聞けば、まさに血も涙もない男だったように思えるが？」

と、疑問を口にした。

「長次は巡礼の母娘を殺してから罪の意識に苛《さいな》まれるようになったそうです。夢に母娘が出てきてうなされるようになったと言ってました」

「そうか、位牌は巡礼の母娘のものか」

剣一郎は合点して言う。

「長次は死に場所を求めていたんです。川に飛び込んだのも炎の中に飛び込んだのも、死を望んでいたから出来たのかもしれません。青柳さま、長次はやっと死に場所を得たのです。どうか、穏やかな気持ちで長次を見送ってください」

又吉は訴えるように言い、

「濁流に呑まれた子の場合も、燃え盛る家の中に取り残された赤子の場合も、長次が死ぬと子どもまで死ぬ。長次は死ぬわけにはいかなかった。しかし、今度は違います」

と、言い切った。

「長次の死によって、十三歳の娘が救われるということか」

剣一郎は複雑な思いで言う。

「はい。これこそ、長次が望んでいた死に方なのです」

又吉は長次の思いを口にした。

「長次は医者の家を強引に出てしまったが、その夜、ここに来たのだな」

「そうです。そこで、吾平さんからおまきという女中のことを聞いたのです」

「やはり、そうであったか」

剣一郎はすべてに得心がいったが、胸を締めつけられる思いに襲われた。


七月四日の八つ（午後二時）過ぎから、剣一郎は浅草山谷町《さんやちょう》の紙漉《す》きの家の土間で床几《しょうぎ》に座って、引き回しの一行を待っていた。

早暁《そうぎょう》に小伝馬町の牢屋裏門から出発した長次の引き回しの一行は日本橋、赤《あか》坂御門《さかごもん》、四谷《よつや》御門、筋違橋《すじかいばし》、両国橋をめぐって小塚原《こづかっぱら》の処刑場に向かうのだ。

夕七つ（午後四時）前、太助が駆け込んできた。

「来ました」

「よし」

剣一郎は立ち上がり、外に出た。

今戸のほうから六尺棒を持った先払いの者や罪状を書いた幟《のぼり》持を先頭に、突《つく》棒《ぼう》、刺股《さすまた》などの捕物道具を持った者が続き、やがて馬に乗せられた長次がやってきた。後ろ手に縛られているが、月代《さかやき》も剃《そ》り、すっきりした顔だちだった。衣類を新調したのは剣一郎の配慮だった。

馬に乗った与力が声をかけると、一行の動きが止まった。

やがて、長次が馬から下ろされ、剣一郎の前に連れられてきた。

「青柳さま」

長次が頭を下げた。

縄を解かせ、剣一郎は長次を土間に招き、床几に座らせた。

若い娘が酒を注《つ》いだ湯呑みをふたつ持ってきた。

「どうぞ」

湯呑みを受け取ろうとした長次があっと声を上げた。

「おまきがどうしてもそなたに別れを言いたいと言うのでな」

剣一郎は説明する。

「長次さん……」

おまきは涙ぐんで声にならない。

「おまきちゃんには鋳掛の仕事が終わったあと、いつもお茶を淹れてもらったな。うれしかったぜ」

「そんな……」

「達者で暮らすんだぜ」

「今度はちゃんと奉公します」

おまきは長次に約束するように言った。

「それを聞いてあっしも安心だ」

「長次。別れの酒だ」

剣一郎は湯呑みを掲《かか》げた。

「はい」

「長次。すべて、又吉から聞いた。そなたは何人ものひとの命を助けた。いや、わしをも救ってくれた。礼を言う」

「もったいないお言葉。自分の仕出かしたことを思うと慙愧《ざんぎ》に堪えません」

「過去は消えないが、今のそなたは誰に恥じることもない。いや、さあ、呑もう」

剣一郎は酒を呷《あお》り、長次も湯呑みを口に運んだ。

「あっしは長年、巡礼の母娘が夢に出て来て苦しんできました。でも、あの火事で赤子を助けてから、巡礼の母娘の夢を見なくなったんです」

湯呑みを空《から》にして、長次は続けた。

「自首してからは不思議なことに、過酷な牢内でも心安らかに今日まで過ごすことが出来ました。こんな清々しい気持ちで旅立てることに感謝しています」

「長次。その言葉でわしの迷いも消えた」

もっと他に解決策がなかったかという思いが、あとあとまで消えずに残るところだったが、今の長次の言葉で迷いは吹っ切れた。

「わしはそなたからいろいろなことを学ばせてもらった。長次、礼を言う」

「青柳さま。あっしも最後に青柳さまのようなお方に出会えて仕合わせでした。あっしこそ礼を申し上げます」

「長次」

剣一郎は思わず長次の手をとった。

検使《けんし》与力が呼びに来た。

「では、行ってまいります」

た。

再び長次は馬に乗せられて、ここから指呼《しこ》の間にある小塚原の処刑場に向かった。

「長次、さらばだ」

小塚原の処刑場に着き、長次は後ろ手に磔《はりつけばしら》柱に縛りつけられ、太縄を首に二重に巻いて柱に固定された。

竹矢来《たけやらい》の外から仕置場を見ていた剣一郎は手を合わせ、目を閉じた。首に縄が巻かれたとき、長次は窒息死したのだ。炎に包まれ、もだえ苦しむことがないように、この時点ですでに仕置きは終わっていた。

あとは付け火という重罪に対する見せしめのための儀式でしかない。

長次の足元に薪《まき》が積まれ、その上に茅《かや》の束が体を覆《おお》うように積まれた。

検使与力を中心に同心が遠巻きに囲む中、長次の体を覆った茅に火がつけられた。煙が立ち込め、やがて真っ赤な炎が長次の体を包んだ。

その刹那、剣一郎は長次の魂《たましい》が天上に昇って行くのを見たような気がした。

ひと月後、剣一郎は太助とともに浜松町にやってきた。

焼け跡はすっかり片づき、『加賀屋』も屋敷が再建される横で、仮店舗での商売をはじめていた。剣一郎と太助は裏にまわった。

　薪割りをしている吾平の姿があった。

　吾平が顔を上げた。

「青柳さま」

　吾平は斧《おの》を置いて近寄ってきた。

「精が出るな」

「はい。一から出直すつもりで頑張っております。そうじゃないと、長次さんに顔向け出来ません」

「おまきはどうしている？」

「へえ。おまきちゃんも元気です。もう、泣き言など言いません。長次さんに今の姿を見せたかった……」

　吾平はしんみり言う。

　勝手口のほうからおまきが桶《おけ》を持って出てきた。

「おまきちゃん」

　吾平が声をかけると、おまきは顔を向けた。

　剣一郎に気づき、桶を持ったまま駆けてきた。

「青柳さまに太助さん」

おまきはぺこんと頭を下げた。

「元気そうだな」

「はい」

おまきは明るい笑顔で答えた。

勝手口から女中のおすみが顔を出した。

「おまき。早くね」

おすみの声を聞き、

「いけない。じゃあ、失礼します」

ぺろっと舌を出し、おまきはあわてて戻って行った。

その後ろ姿を見送って、剣一郎は青く澄んだ空を見上げた。

「長次、見ているか。そなたのお蔭《かげ》だ」

心の中で訴えると、長次の喜ぶ声が聞こえた。

吾平が辺りを見回した。

「どうした?」

「へえ、今長次さんの声がしたんです。すみません、気のせいでした」

吾平は呟くように言った。

「長次は皆を見守っているのだろう」

剣一郎はそう言い、改めて空を見上げた。

一〇〇字書評

切り取り線

購買動機（新聞、雑誌名を記入するか、あるいは○をつけてください）

□（　　　　　　　　　　）の広告を見て	
□（　　　　　　　　　　）の書評を見て	
□ 知人のすすめで	□ タイトルに惹かれて
□ カバーが良かったから	□ 内容が面白そうだから
□ 好きな作家だから	□ 好きな分野の本だから

・最近、最も感銘を受けた作品名をお書き下さい

・あなたのお好きな作家名をお書き下さい

・その他、ご要望がありましたらお書き下さい

住所	〒				
氏名		職業		年齢	
Eメール	※携帯には配信できません		新刊情報等のメール配信を 希望する・しない		

この本の感想を、編集部までお寄せいただけたらありがたく存じます。今後の企画の参考にさせていただきます。Eメールでも結構です。

いただいた「一〇〇字書評」は、新聞・雑誌等に紹介させていただくことがあります。その場合はお礼として特製図書カードを差し上げます。

前ページの原稿用紙に書評をお書きの上、切り取り、左記までお送り下さい。宛先の住所は不要です。

なお、ご記入いただいたお名前、ご住所等は、書評紹介の事前了解、謝礼のお届けのためだけに利用し、そのほかの目的のために利用することはありません。

〒一〇一－八七〇一
祥伝社文庫編集長　清水寿明
電話　〇三（三二六五）二〇八〇

祥伝社ホームページの「ブックレビュー」からも、書き込めます。

www.shodensha.co.jp/bookreview

祥伝社文庫

罪滅《つみほろ》ぼし　風烈廻《ふうれつまわ》り与力《よりき》・青柳剣一郎《あおやぎけんいちろう》

令和 5 年 4 月 20 日　初版第 1 刷発行

著　者　小杉健治《こすぎけんじ》
発行者　辻　浩明
発行所　祥伝社《しょうでんしゃ》
東京都千代田区神田神保町 3-3
〒 101-8701
電話　03（3265）2081（販売部）
電話　03（3265）2080（編集部）
電話　03（3265）3622（業務部）
www.shodensha.co.jp

印刷所　堀内印刷
製本所　積信堂
カバーフォーマットデザイン　中原達治

Printed in Japan ©2023, Kenji Kosugi　ISBN978-4-396-34881-6 C0193